I0824428

P. H. A. Krogh

Molly Gabe og Den Snoede Pistol

Omslagsdesign: P. H. A. Krogh

1. udgave, 1. oplag

ISBN:978-87-996361-1-2

Forlaget Phook Books · Tippethøj 20 · DK-8680 Ry · Danmark
www.phook.dk · info@phook.dk

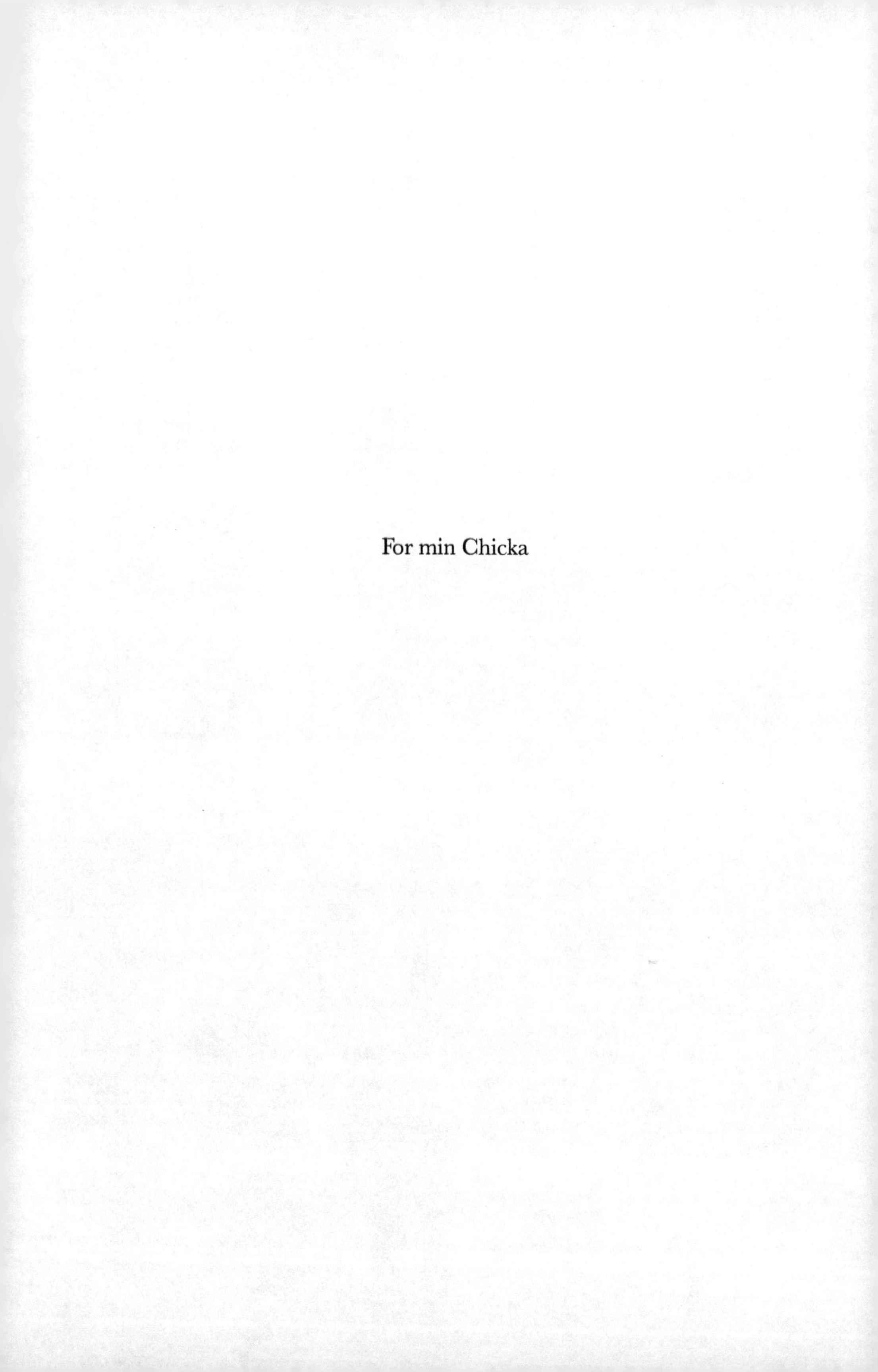

For min Chicka

KAPITEL 1

Pigen, der læste

Frk. Djur, den pertentlige bibliotekar i SteamWorks' bibliotek, holdt en pinlig orden i hall'en med de mange reoler fyldt med bøger. Ingen ville nogensinde tro at hun beskæftigede sig med andet end bøger, og det var også så tæt på sandheden som man nu kan komme. Hun tænkte på bøger hele tiden mens hun arbejdede, og når hun gik hjem tænkte hun også på bøger, ja selv når hun stod op gik der ikke længe før den første bogrelaterede tanke krøb ind i hendes gråhårsprydede hoved.

Frk. Djur havde været så længe hos SteamWorks at hun ikke længere kunne huske hvad hun havde lavet før. Hun havde også for længst glemt sin oprindelig forundring over hvad i alverden et firma som SteamWorks skulle med et så velassorteret bibliotek, ja til tider tvivlede hun endda på om det var helt lovligt at have så mange bøger i privat eje. Det var dog mange år siden hun sidst havde spekuleret over dette, for enhver bogelsker ville som hende være blevet forført af de lange reoler fyldt med magi, og enhver tanke der gik det mindste imod den komplette opslugthed, forstummede til sidst bagest i hendes hoved.

I dag virkede biblioteket anderledes. Det var som om bøgerne var spændt til bristepunktet med spænding og klar til at springe ud af reolerne, hvirvlende kaotisk som havde en tornado revet taget af.

Frk. Djur bevægede sig forsigtigt i gangene mellem reolerne. En lyd fik hende til at se sig over skulderen, men det var ikke et par bøger der hoppede, eller tidsskrifter der bladrede sig selv igennem. Man skulle tro at hun havde vænnet sig til alle de små lyde fra klimaanlægget der sørgede for at holde luftfugtigheden nede, men i dag var også hun fyldt med rastløs energi.

Frk. Djur spekulerede på hvad der var forskelligt i dag fra alle de andre dage, men dagen var startet helt almindeligt med vækkeurets irriterende klokke der efterfulgtes af lidt morgenbad (plaske vand i hovedet) og morgenmad (ristet toast med marmelade). Kort efter kravlede hun op på sin sorte bedstemorcykel som vrikkende blev pedalleret ned af bakken på vej mod arbejdet. Hun nikkede til sikkerhedsvagten da hun gik ind i SteamWorks bygningen, så alt havde været fuldstændig som det plejede.

Hun havde ladet fingerspidserne glide over de gamle førsteudgaver som stod på reolen inden for døren, og hun havde overvejet at „låne" Hernon Worthingtons Uropia, for at indtage hans pragtfulde prosa som nektar, men som altid var hun for regelret til at gøre noget sådant utænkeligt. Netop der blev hun opmærksom på den besynderlige uro som biblioteket tilsyneladende udstrålede. I løbet af formiddagen bevægede hun sig rastløst rundt, hoppede nervøst ved alle lyde og prøvede forgæves at identificere kilden for denne uforskammede forstyrrelse af hendes sædvanlige rolige hverdag.

Da standerurets langsomme og stilfærdigt larmende klokkeslag slog 12, og hun var ved at være temmelig irriteret og kunne knapt koncentrere sig om at sortere arkivkort, gik den store dør der nærmest var en port op, og en lille pige tog forsigtigt et par trin ind i biblioteket. Hun blev nærmest skubbet ind af manden bag ved hende der hviskede „Se dig nu bare omkring her, mens jeg snakker med onkel Freedo". Frk. Djur var ikke meget for de ansattes børn der ind imellem blev parkeret på biblioteket, men det var desværre en del af hendes ansættelseskontrakt at være behjælpelig med at udstyre de små uhyrer med letfordøjelig litteratur om heste, trolde og lignende fjolleri.

Den lille pige stod betuttet lige inden for døren, efter at hendes far havde forladt hende. Hun havde kort krøllet hår der var blondt, næsten hvidt, og så ud til at være omkring 8 år og frk. Djur lod hende stå i en 10 minutters tid inden hun forbarmede sig over hende, og spurgte om hendes navn.

„Molly Gabe, frøken," sagde hun høfligt og frk. Djur blev straks mildere stemt over for hendes tilstedeværelse. „Og hvad er deres ærinde her i SteamWorks Hovedbibliotek?".

„Min far skulle tale med onkel Freedo - jeg tror nok at han vil prøve at overtale ham til at jeg skal bo hos ham et stykke tid". Pigen så endnu mindre ud. Frk. Djur tænkte at hun nok hellere måtte muntre barnet op, men hun kunne (selvfølgelig) ikke komme på andet end noget bogrelateret.

„Og hvad kunne De tænke Dem at læse, frøken Molly Gabe?". Den lille pige så tænksom ud, inden hun beslutsomt sagde „Det betyder ikke så meget, frøken, jeg har læst alt muligt, mens jeg rejste med min far - bøger om arkæologi, billige krimier og klassikere - man kan ikke tillade sig at være kræsen når man den ene dag befinder sig i en ørken i Aigypten, og den anden dag er i regnskoven i Novo Ibérica".

„Nå, man er nok berejst" sagde frk. Djur afmålt, så knolden i hendes hår dirrede.

„Undskyld, frøken det var ikke for at prale eller noget, men sådan har det været lige siden min mor døde - vi har rejst verden rundt og folk opfører sig så forskelligt i andre dele verden, så jeg ved nok ikke helt hvordan jeg skal opføre mig".

„Nok," sagde frk. Djur, „Nu går vi hen til klassikerafdelingen; der er jeg sikker på at vi nok skal finde noget passende til en ung dame som Dem," hvorefter hun nærmest trak Molly gennem biblioteket til en række reoler i en fjern ende af det store bibliotek. Hun pillede eftertænksomt ved sin grå hårknold, mens hun mumlede „Nej, ikke den" og hendes fingre dansede hen over de læderindbundne bøgers rygge. Pludselig straktes hendes pegefinger ud som om hydraulikken var blevet aktiveret og hvilede roligt på en af bøgerne: „Denne her selvfølgelig". Bogen som var en tyk sag med masser af sider, blev trukket ud med et ryk og frk. Djur rakte bogen til Molly med storslået andagt. „Halskædernes Mester af K. S. S. Interprian," læste Molly. „Det er et passende eventyr for en ung dame," sagde frk. Djur. „Og lærerigt," tilføjede hun.

Netop da åbnedes bibliotekets port og manden der åbenbart var Mollys far trådte ind med sin bror Freedo. De var tydeligvis brødre, og frk. Djur der udmærket kendte Freedo Gabe da hun havde hjulpet ham med research i mange tilfælde, undredes over at hun aldrig havde hørt om denne bror (men på den anden side, så kendte hun jo ikke meget til de andre ansattes privatliv, så det var måske ikke så mærkeligt alligevel).

„Molly," kaldte hendes far. Molly vendte sig mod frk. Djur og så op på hende med store øjne: „Tak, frk. Djur," sagde hun. „De er så meget velkommen," svarede frk. Djur, hvorefter den lille pige halvt løb sin far og onkel i møde. „Nå der er du - kom, vi skal ned i onkel Freedos lejlighed," sagde Mollys far. „Hej Molly," sagde hendes onkel, „Jeg har ikke set dig siden du var ganske lille. Ikke siden…", han gik i stå, og hans øjne blev fjerne da et minde tydeligvis overmandede ham. „Du ligner utroligt meget din mor," sagde han langsomt, mens han strøg fingrene igennem hendes hår. „Lad os gå," sagde hendes far utålmodigt, og de forlod alle biblioteket. frk. Djur bevægede sig hen mod sit skrivebord for at føre udlånet til protokols. Freedo Gabe skulle nok sørge for at Molly leverede bogen tilbage, men regler er regler.

„Stil dig bagest i elevatoren," sagde hendes far, inden han selv og

Freedo gik ind og vendte sig om. Molly knugede sin bog, og var både forventningsfuld og bange på en gang.

Onkel Freedo trykkede på en knap på panelet, og en hissende lyd af damp der blev udløst, kom umiddelbart før et lille ryk, inden elevatoren begyndte at bevæge sig.

„O.k., Kyo, men hun bliver kun et par måneder," sagde onkel Freedo. „Det er en aftale, brormand, men du forstår nok hvorfor jeg ikke kan have hende med?" svarede hendes far. „Det kan være et helt unikt relikvie, og jeg er nødt til at besøge templet, for at efterprøve Maries teori". „Så er der ingen der vil ryste på hovedet af hendes teori længere," mumlede Freedo stille.

Molly stod helt stille og spekulerede på hvad hendes mors teori havde været. Hendes far svarede ikke gerne på spørgsmål om hendes mor, men måske kunne hun benytte tiden sammen med onkel Freedo til at få noget mere at vide. Han ville måske være mere tilbøjelig til at fortælle hende om sin mor. Hun kunne mærke tårer samle sig i sine øjne når hun tænkte på at hun var ved at glemme sin mor. Billederne i albummet i hendes kuffert var næsten de eneste hun havde tilbage og hun kunne knapt huske hvordan mors stemme havde lydt.

Elevatoren nåede sit mål med endnu et ryk, og dørene åbnede sig langsomt. De trådte ud af den, og begyndte at gå ned af en lang korridor på en af de etager der rummede medarbejdernes lejligheder.

Onkel Freedos lejlighed bestod af en lang gang med 7 døre ind til forskellige rum. „Herhen," sagde onkel Freedo venligt, og ledte Molly til en dør i den ene ende af gangen. Han åbnede døren til et lille værelse med en seng der tydeligvis ikke havde været brugt i nogen tid. Selve rummet så heller ikke umiddelbart ud som om nogen havde været der længe. Freedo bemærkede at Molly studerede rummet, og sagde „Bare rolig, Molly, vi skal nok få det gjort hyggeligt hurtigt. Vi taler med madam Pirith i morgen om hvad der skal gøres". Molly lagde sin bog på sengen da hendes far kom gennem døren med hendes kuffert. „Her er hendes tøj," sagde han til sin bror der åbnede et garderobeskab hvor kufferten blev sat ind. „Madam Pirith pakker ud senere," sagde han, „Lad os gå ind i stuen".

De gik alle ned ad gangen til stuen hvor kaminen flammede med en hyggelig ild. Freedo satte sig i en højrygget stol der bar åbenlyse mærker af slid; det var her han tilbragte tiden når han ikke var på sit laboratorium flere etager højere oppe i SteamWorks bygningen. Molly og hendes far satte sig på sofaen, og de 2 brødre begyndte at tale om løst og fast. Molly hørte ikke efter, hun så sig interesseret omkring i sin onkels stue. Den ene væg var dækket af en reol der var fyldt med små mekaniske biler, karruseller og andet legetøj. Mollys far havde altid fortalt at i deres barndom var Freedo altid optaget af mekanisk legetøj. Det havde åbenbart ikke ændret sig over årene. Kyo havde været den af dem der havde udforsket skovene omkring byen hvor de boede, så det var 2 heldige brødre der arbejdede med det de elskede allermest, dog meget forskellige ting. Freedos passion for mekanik og hydraulik fremgik også af de enkelte bøger der stod mellem legetøjet. Han havde ikke særligt mange bøger i sin lejlighed da hans ansættelse ved SteamWorks gav ham adgang til alle de bøger han kunne få brug for i sit arbejde. Ved siden af Freedos stol stod et lille tebord, hvorpå der lå en pibe og en teakkasse der sandsynligvis indeholdt tobak.

En banken på døren afbrød både Mollys udforskning af rummet, og brødrenes samtale. En lille karakteristik dame med en kort frisure og ellipseformede briller, kom ind med en bakke med 3 kopper te og en skål med småkager på.

„Tak, madam Pirith, det var alt," sagde Freedo da hun havde sat bakken fra sig. Molly bemærkede en underlig trækning i madam Piriths ansigt da hendes onkel talte til hende. Madam Pirith lukkede døren efter sig og Freedo sagde halvt hviskende „Hun er ret imponerende af en ‚hjemmehjælper' at være! Jeg havde ikke engang fortalt hende at du ville komme i dag, og så hun har endda også en kop med til Molly".

„Hvor har du fundet hende?" spurgte Kyo halvt uinteresseret. „Hun er fra Germania; de har stor arbejdsløshed der," svarede Freedo, mens flere skygger passerede bag hans øjne. Molly kunne ikke altid helt forstå hvad der var galt med de voksne, men hun var mere opmærksom på de voksnes sindelag en de fleste af sine jævnaldrende. Hun spekulerede på om hun også havde skygger bag øjnene når hun tænkte på sin mor.

„Ja der er jo noget over kvinderne fra Germania," sagde Kyo med klar reference til Mollys mor der også var fra Germania. Kyo havde fortalt Molly mange gange om hvordan han mødte hendes mor ved en konference på Juvenheim Universitet i Germania på en af sine mange rejser. „Ja, noget," svarede Freedo, og pludselig brød begge brødre ud i latter, selvom Molly ikke synes der var sket noget morsomt.

„Nå, jeg er nødt til at gå hvis jeg skal nå toget," sagde Mollys far. „Kan du opføre dig ordentligt og gøre som din onkel siger?" spurgte han Molly der havde en klump i halsen og en knudeagtig følelse i maven og således kun kunne nikke. „Det skal nok gå fint. Ikke, Molly?" sagde onkel Freedo, mens han lagde sin arm omkring hende. Hun kunne kun præstere endnu et nik. „Jamen, hej så," og med disse ord var hendes far ude af døren. Molly kikkede fortvivlet efter ham, med sin onkels arm om sine skuldre.

Frk. Djur var ved at lukke biblioteket for i dag. De sidste bøger var lagt på plads, og hun var ved at tage sin jakke på. Rutinemæssigt så hun ned i den fjerne ende af biblioteket for at checke at sikringsdørene var lukket. Bag dem gemte SteamWorks alle sine hemmeligheder og de skulle altid være låst. Hun havde glemt morgenens anspændte bibliotek, hvordan alting havde føltes anderledes. Efter at den lille pige havde besøgt biblioteket var dagen faldet ind i sin vante gænge, uden nye afbrydelser og uden anden dramatik. Hvis hun havde tænkt over det havde hun nok spekuleret over om det var pigen som havde årsag til den spændte stemning. Men det gjorde hun som sagt ikke, og hendes tanker var tilbage på deres yndlingsområde, nemlig bøger. På vej ud lod hun endnu engang fingerspidserne glide over Uropia, mens hun sukkede stille. „Engang," sagde hun sørgmodigt, selvom hun vidste i sit hjerte at det aldrig ville ske. Hun skød de kraftige bolte for den massive dør der var hovedindgangen og forlod biblioteket gennem den lille sidedør som hun låste efter sig med sin sædvanlige omhyggelighed.

Netop som nøglen blev drejet i låset, var det som om lyset ændredes i biblioteket. En skygge dannedes mellem reolerne på en umulig måde da der ikke var noget der kunne kaste denne skygge netop på dette sted. Lysene flakkede, men uanset hvor meget de prøvede, kunne de ikke oplyse denne plet der var opstået midt i rummet. Pludselig var der bevægelse og en skikkelse trådte ud af skyggen.

Havde frk. Djur stadig været der, ville hun ikke have kunnet skelne ansigtstræk eller noget, men kun konstatere at skikkelsen bevægede sig lydløst og målrettet mod en bestemt reol bagest i biblioteket. Skikkelsen nåede sit mål og stod stille foran en reol i en upåagtet sidegang. Som på kommando gled bøgerne til side og efterlod en smal åbning. Skikkelsen tog noget frem; en bog, og placerede den i den perfekt passende åbning. Ryggen af bogen blev nøjagtigt skubbet ind til den flugtede med resten af bøgerne i reolen. Skikkelsen tog et skridt tilbage for at observere sit værk; en tilfreds lyd undslap den da den så at bogen nærmest var skjult, fordi alle bøgerne havde en ensartet gammel indbinding. Ingen der gik forbi denne reol, ville umiddelbart bemærke noget usædvanligt eller forandret. Lige så stille som den var ankommet, bevægede skikkelsen sig tilbage mod skyggen. Pludselig gik alt lyset ud. Skikkelsen var stoppet op i samme øjeblik, men man kunne næsten ane et smil da den igen stod på det punkt, hvor den var dukket op.

Nu var der ingen skygge da biblioteket var næsten helt mørkt. Gassen var blevet slukket for natten og kun vågeblussene lyste svagt. Som gassen var forsvundet, forsvandt skikkelsen nu, denne gang i det næsten komplette mørke og uden at lave en lyd.

Tilbage i reolen stod bogen lydløst fyldt med løfter om eventyr, spænding og mirakler.

KAPITEL 2

Gravstenen

Et par måneder var blevet til 5 år, efter at Mollys far var forsvundet et eller andet sted i junglen i Yucata. Molly havde i begyndelsen været ude af sig selv, men onkel Freedo, madam Pirith og en ensformig hverdag, havde beroliget hende. Nu her 5 år senere, virkede hun som en almindelig glad pige på overfladen, men skyggerne bag hendes gennemborende blå øjne var blevet endnu længere.

Madam Pirith var sikker på at livet i skyggen af SteamWorks bygningen var bedre for hende. „Det er kein liv for en ung pige at farte verden rundt med sein far," sagde hun bestemt, mens hun serverede toast for Molly. Molly var efterhånden kommet til at holde af den bestemte kvinde der sørgede for både hende og onkel Freedo, årvågen som en hønemor. Denne morgen var hun optaget af at pakke Mollys rygsæk til den årlige tur for SteamWorks Universitet eller *Skole For Medarbejderes Børn* (som de fleste kaldte de mindre klasser)s årlige tur til Barnsworth. Hun stod ved skabet i Mollys værelse der var ikke længere lignede et ubrugt rum, men var blevet malet i glade farver og fyldt med plysdyr og andet legetøj som onkel Freedo havde købt til hende. Andre ting vidnede om hendes nedarvede interesse for historie: en aigyptisk dødemaske, en skarabæ fra Novo Ibérica og det sidste hendes far sendte hende fra Yucata, inden han forsvandt: et halssmykke fra de mystiske Magyar indianere. En reol langs den ene væg rummede alle disse ting, og var det anker som Molly vågnede til hver morgen. Nærmest et rigtigt hjem, nej, det var et rigtigt hjem, her hos onkel Freedo og madam Pirith.

„Dagdrømmer wir nun igen?" snappede madam Pirith. „Det er en wichtig dag i dag hvor skolen tager den årlige udflugt til Horatio Creeds fødehjem. Mit din interesse for historie, burde du være helt oppe und køre!".

Molly smilede. „Den historie jeg er interesseret i er lidt ældre end SteamWorks' historie"

„Nah ja, gutes ord igen, min pige". Madam Pirith snurrede rundt da døren til køkkenet åbnedes. „Morgen, Dr. Gabe," sagde hun til Freedo der trådte ind af døren i det samme og sukkede. „Hvor mange gange skal jeg sige til dem at De ikke behøver at tiltale mig Doktor, Lea?". „Det er mig o.k. at De er på fornavn med mig, Dr. Gabe, aber zum ansat sømmer det sig ikke at tale så familiært," svarede madam Pirith hurtigt. „De er jo nærmest familie," sagde Freedo, mens han trak en stol ud og satte sig over for Molly. Madam Pirith smed et stykke toast på hans tallerken. „Dieser stykke toast er også ziemlich brændt, men det gør det jo ikke til rugbrød!". Molly og Freedo brød ud i latter, mens madam Piriths mine var uudgrundelig.

Mens madam Pirith tussede rundt andetsteds i lejligheden sad Molly og Freedo i stilhed og spiste deres morgenmad; Freedo med sin obligatoriske morgenavis, Molly sad bare og stirrede ud af vinduet. De tænkte begge på Mollys far, men efter hans forsvinden, forsvandt deres lyst til også at tale om ham. Hans skygge hang alligevel over morgenbordet, lige så tydeligt som havde han stået i lokalet. „Glæder du dig til turen?" spurgte Freedo pludseligt for at bryde tavsheden.

„Ikke så meget til turen som til det ikke at skulle i skole," svarede Molly, „Vi var der jo også sidste år, og året inden og...".

„Ja, det kan vel heller ikke være lige interessant at se Horatios grav år efter år". Freedo tænkte kort, inden han sagde „Måske skulle vi to, bare os, tage ud at besøge din mors grav, og måske lægge blomster på den. Molly kunne knapt huske om hun nogensinde havde besøgt sin mors grav, så hun var fyr og flamme. „Det ville være super, onkel Freedo". „Det er snart hendes fødselsdag, så det ville nok være en god anledning," afgjorde Freedo sagen og således dagen.

„Onkel Freedo? Hvad var det der med Horatios grav? Det er da hans fødehjem vi besøger hvert år," sagde Molly spørgende. Freedo smilede. „Det er rigtigt, Molly, men bagest i haven er hans gravsted. Men man finder det kun hvis man leder. Det er omme på den anden side af labyrinten, men jeg tænkte at Fru Gramme allerede havde vist det til jer". „Det gjorde hun i hvert fald ikke sidste år," svarede Molly og lavede en mental note til sig selv om at den grav skulle hun vist prøve at finde i dag.
Madam Pirith kom ind i køkkenet med Mollys pakkede rygsæk. „Her er dein rygsæk, Fräulein". „Tak, madam Pirith," sagde Molly der rejste sig og kyssede sin onkel farvel inden hun gik ud af døren.

SteamWorks bygningens gange ledte hende hen til en af de mange elevatorer i bygningen. Molly kørte ned til stueetagen og gik med raske skridt imod lobbyen hvor de skulle mødes inden turen til Barnsworth.

„Hej Molly," råbte hendes veninde Justine da Molly kunne skimte lobbyen, og Justine åbenbart kunne skimte Molly. „Hej Justine," sagde Molly da hun endelig kom frem. Justine var af udseende nærmest Mollys diametrale modsætning da hun havde langt mørkt glat hår og brune øjne. På trods af dette, eller måske derfor var de bedste veninder.

„Har du været her længe?". „Nej, jeg er næsten lige kommet ned - har du set det lig af en bus vi skal med?" sagde Justine og pegede.

Molly kneb øjnene sammen og så en ældre model fra den ærværdige Condor-serie af busser som for længst var taget ud af offentlig drift.

„SteamWorks plejer da ikke at være fedtede med komforten," undrede Molly sig. „Min far siger at det er vigtigt at spare i en tid med global konkurrence," docerede Justine. „Vi er nødt til at bevare forspringet overfor H.F. Grauton". Molly sukkede. Nogen gange var Justine bare et ekko af sin far.

Alle fra 8 årgang var forsamlet foran det gigantiske billede af Horatio Creed, SteamWorks grundlægger der dominerede lobbyen. Fru Gramme, deres lærerinde, stod og talte med et par forældre der havde fulgt deres børn på vej. Justine og Molly gik ind i hjørnet bag en søjle, for at få lidt fred fra den summende lobby hvor tohundrede elever småsnakkede.

I dette hjørne af lobbyen stod busten af Horatio Creed der så meget stolt og arrig ud. Hans motto „Tryk på," stod sirligt trykt på soklen af busten.

Molly pegede på den skaldede buste. „Min onkel fortalte mig at Horatio Creeds grav findes i Barnsworth, vidste du det?".

„Ja da, min far siger at Ulysses Creed tilbringer alt for lidt tid på kontoret og alt for megen tid ved graven," svarede Justine med et gab. „Det er alt sammen meget kedeligt".

„Vi skal da finde den grav!" sagde Molly entusiastisk. „Hvorfor dog det?" spurgte Justine undrende.
„Det er da altid spændende at se berømte menneskers grave og gravsten. Der står tit nogle underlige citater og andre ting der er interessante".

„Du kan vel finde det interessant at se på maling der tørrer, men o.k. - så finder vi den grav; det er nok alligevel sjovere end professor Keaonens foredrag om Horatio Creeds liv og levned," mumlede Justine.

„Har du nogensinde set Ulysses Creed?" spurgte Molly.

„Han kom forbi engang, lige da far var blevet vicepræsident, til te," fortalte Justine, „Han er meget bred, næsten som en bjørn. Han har et stort sort overskæg, og taler med en buldrende stemme". Justine smilede ved mindet.

„Jeg stod bag væggen og lyttede, men han vidste alligevel at jeg var der".

„Vil din datter Justine ikke komme og få en småkage?" buldrede han lystigt. Justine var blevet helt paf, men måtte give sig til kende da hendes far kaldte på hende. Ulysses havde snakket med hende som om hun havde været voksen, og Justine havde godt kunnet lide det.

„Hvordan er han i familie med Horatio?" spurgte Molly interesseret.

„Ulysses er Horatios barnebarn, ifølge min far var Ulysses Horatios yndling," svarede Justine, „Og hermed slut på historietimen, min hjemmepige". Hun aede den skaldede isse på busten af Horatio.

Fru Gramme klappede i hænderne. „Alle stiller op ved udgangen, 2 og 2 i en række". Molly og Justine tog hinanden i hænderne og bevægede sig gennem kaoset af omkring tohundrede elever der på samtidig skulle finde en partner og stille sig på række. De forskellige klasser stillede sig foran deres respektive lærere. Da der var faldet en vis marginal ro på flokken, sagde Fru Gramme „…Og så går vi alle ud til bussen; de mindste klasser går først".

Molly og Justine nåede endelig frem til bussens trappe. Chaufføren sad sammensunket og læste i en bog, og Molly gik lidt langsommere for at se hvad det var for en bog. Forfatteren var en hun aldrig havde hørt om, en Goffel. B. Shrub og titlen var „Ind i ingenting". Chaufføren bemærkede hendes interesse men vrissede bare nærmest lydløst som om hun bare var en irriterende myg.

„Lad os sidde nede bagi et sted," foreslog Justine. Det krævede desværre bare at de skulle forbi Isaac Keaonen og hans følge.

„Hej Skatter," sagde han straks muntert da han så Molly. Justine vendte øjne og gik bare endnu hurtigere. „Øh, Selv hej," mumlede Molly og fulgte hurtigt efter.

En dreng der vist nok hed Alan, sad og stirrede på Molly, hvilket Justine også bemærkede.
„Ikke nok med at Isaac er vild med dig, men ham nørden Alan Dorton er vist også lun på dig".
Molly rødmede ufrivilligt. „Jeg er ikke interesseret i nogen af dem at du ved det".
„Godt ord igen, min brave ven," nærmest sang Justine, „Det er os to piger der holder sammen, og det skal ingen dreng lave om på".
De satte sig på bagsædet. Molly stirrede ud af sideruden. SteamWorks bygningen set udefra fik hende altid til at tænke på sin far af en eller anden årsag. Hendes blik blev fjernt. Justine skubbede til hende. „Sidder du nu igen og drømmer om at tage til Yucata og redde din far?". Molly så irriteret på hende. „Selvfølgelig ikke," vrissede hun, mens den drøm fordampede bagest i hendes hoved.

Snart var alle elever om bord på den store trippeldækker og chaufføren lagde nødtvungen sin bog væk og startede motoren. Den karakteristiske hissende lyd fra damp akkompagnerede den svage acceleration af bussen der begyndte at rulle mod Barnsworth.

Barnsworth var en sørgelig lille by der udelukkende var kendt på grund af Horatio Creed. Hans fødested var et mindre landsted med en forholdsvis stor have. Horatios forældre havde ikke været helt uden midler, og haven var designet af Horatio selv med hjælp fra en kendt havearkitekt, og ikke mindre velholdt her i Steamworks' storhedstid.

Børnene blev gennet ud af bussen og forsamledes i forhaven. Lærerne organiserede eleverne i grupper efter deres klasser som klassevis skulle passere gennem huset og modtage den årlige dosis SteamWorks indoktrinering.

Molly og Justine listede sig væk allerede i stueplan og ud af en bagdør i huset.

„Ned til labyrinten," sagde Justine og de løb begge hurtigt ned i haven.

Labyrinten var ikke så labyrintisk igen; der var ingen fare for at fare vild. Den var rund og nærmest opbygget som en spiral i klassisk kretensisk stil og i midten var der en smuk fontæne. Børnene plejede at forsamles der efter rundvisningen for at spise deres medbragte madpakker, men Molly og Justine var ikke interesseret i hverken labyrint eller fontæne. De gik uden om labyrinten og ned mod en høj mur der afgrænsede haven.

I hjørnet var gravstedet, og på stenen sad Alan Dorton.

„Hvordan er han nået herud før os?" hviskede Justine.

Alan sad med et stort stykke papir som han havde lagt på gravstenen. Med et stykke kridt skraverede han metodisk papiret, så alle ujævnheder i stenen blev overført til papiret. Han var fuldstændig opslugt, og gav et sæt da Justine kom til at træde på en gren.

Han så sig over skulderen: „Nå, det er jer?". Henvendt til Molly sagde han: „Hvor er din kæreste Isaac?".
„Isaac er ikke min kæreste og jeg er ikke interesseret," svarede Molly irriteret, men svaret ændrede fuldstændigt Alans udtryk.

„Nå, o.k.," sagde han, „Kom og se; jeg er ved at kopiere gravstenen". Han gjorde skraveringen færdig og havde nu en komplet kopi af stenens udseende som han foldede og puttede i sin taske.

„Justine, flyt dig lidt," sagde Molly, „Jeg kan ikke se noget for dig". Justine trippede til siden og nu kunne Molly se stenen der bar indskriften:

Her hviler

Horatio Creed
Født 11.11.1837
Død 03.05.1916

Tryk på!

Skriften var lavet i guld med sirligt snoede bogstaver. Ved siden af indskriften var der et underligt symbol der lignede 4 bøger der ligesom var bundet ind i hinanden.

Selve stenen var kun en lille del af det monument der var sat for Horatio Creed. Omkring stenen var der en større mærkelig struktur der ligesom rakte ud, med bogsymboler stemplet i en tilsyneladende tilfældig orden.

„Hvad skal du bruge kopien til?" spurgte Molly. „Ikke noget specielt," indrømmede Alan, „Jeg tænkte bare det kunne være en cool ting til min væg".

„Det lyder ret spooky," sagde Justine, „samler du på dødsrelaterede ting?". Alan smilede afvæbnende, „Nu da mine forældre arbejder for SteamWorks, så er det da ikke morbidt at have Horatio Creeds gravsten hængende, eller er det?".

Molly lo, og selv Justine trak lidt på smilebåndet.

„Hvad får I ud af de her bogsymboler på den ramme der er omkring stenen?" spurgte Alan.

Molly bevægede sig lidt fra side til side og sagde: „Det er ligesom om at de kan ses som et billede hvis man står det rigtige sted". Hun begyndte at bevæge sig omkring stenen, men hun kunne ikke få figurerne til at hænge sammen på en fornuftig måde. „Det er ligesom stjernebillederne," sagde Alan, „hvis man ikke ser stjernerne fra Jorden, hænger de slet ikke sammen på den måde".

„*Nørd,*" mimede Justine bag Alans ryg og Molly smilede. Molly opdagede at Justine stod foran en stor sten der nærmest var gemt af de buske, den var iblandt. Molly skubbede Justine let til side og kravlede op på stenen. Da hun vendte sig mod gravstenen, var bog symbolerne næsten gledet sammen i et billede. „Prøv at stå på tæer," sagde Alan, „Det er nok beregnet til voksne". Molly strakte sig, og med ét dukkede et billede af en trappe lavet af bøger op. Hun gispede.

„Hvad er det?" spurgte Justine. „Det er en trappe der består af bøger," fortalte Molly, „Hvad mon det betyder?".

„Det betyder at gode gamle Horatio åbenbart var glad for bøger," konkluderede Alan.

Molly havde tænkt sig at spørge Freedo om bogtrappen den samme aften, men netop den aften arbejdede han sent i sit laboratorium og Molly spiste alene da madam Pirith stadig nægtede at spise sammen med dem. Hun sad og spekulerede lidt på dagens hændelser, de mærkelige bogreferencer på Horatios grav, men også at Freedo havde sagt at de skulle besøge hendes mors grav.

I sit værelse fandt Molly et album med gamle billeder frem. Der var billeder af hendes forældre fra før hun var født. De så unge og lykkelige ud på billederne. Molly prøvede at forstille sig dem, men de var begge kun små prikker af følelse i hendes hjerne. Hun kunne godt huske dem når hun så på billederne, men de stod langt fra klart i hendes hukommelse.

Hun lukkede albummet, placerede det under sin pude, og lagde sig med våde øjne på puden. Kort efter sov hun.

KAPITEL 3

Skolen

Professor Pawel Keaonen gik frem og tilbage foran den sorte tavle, hvorpå der med store hvide kridtbogstaver var skrevet „Det uendelige liv".

Molly rørte uroligt på sig, og ventede på dampfløjten der ville markere timens start. Professorens timer var ikke de mest interessante, måske fordi han elskede at høre sig selv tale. „Det uendelige liv" var hans yndlingsemne, og titlen på en bog, han havde skrevet. Bogen var, i det mindste, mindre kedelig end hans forskning, havde hun hørt nogle voksne sige. Den kunne ikke undgå at være mindre kedelig end hans timer. Professoren underviste i filosofi, men det var mere en blanding af hans egne pseudofilosofiske betragtninger og hans egen forskning end andre filosoffers indsigter der blev gennemgået.

Dampfløjten hylede larmende og professoren startede straks.

„Man kan sagtens leve evigt. Først lever man halvdelen af sit liv derefter halvdelen af resten, derefter halvdelen af resten, men aldrig den sidste halvdel".
„Sådan undgår man at leve den del der leder op til døden".
Professor Keaonen så veltilfreds ud.
Alan rørte på sig.

„Ja?" sagde professor Keaonen.
„Det giver jo ingen mening?" sagde Alan forsigtigt.
„Ikke?" hvislede professor Keaonen.
„Det er som at sige at en 100 m løber aldrig kommer i mål, fordi han hele tiden halverer distancen. Men i virkeligheden kommer han jo i mål," konkluderede Alan.

„Latterligt," grinede en dreng hviskende, bagest i klassen, vistnok Daniel Palmer, en af Isaacs „venner". Isaac, Daniel og Elena Yale, var de *populære* i skolen (måske fordi Isaac var professor Keaonens søn), og de elskede at gøre grin med alle andre. Alan skævede bagud i Isaacs retning.

„Prøver du at være smart?" snerrede professoren til Alan der krøb sammen, og tydeligvis fortrød at han havde sagt noget overhovedet. Stilheden var massiv et par sekunder. Molly synes at det Alan havde sagt gav fint mening, men det var vist ikke særligt hensigtsmæssigt at blande sig. Professoren brød sig ikke om at blive modsagt.

„Hvis ikke der er andre der vil lufte deres *teorier*, kan vi måske fortsætte med timen," fortsatte professoren og vendte sig mod tavlen. Han gik i gang med at skrive på den. Kridtet lavede skrigende lyde.

Molly havde lidt medlidenhed med Alan og skrev en seddel til ham : „Glem ham," og sendte den med *elev-til-elev-i-kedelige-timer-netværket.* Sedlen nåede Alan der læste den og så tilbage på Molly der nikkede. Alan smilede, imens han krøllede sedlen sammen. Det så ud som om at han kom i tanke om et eller andet og papirkuglen faldt ud af hans hånd. Hans øjne lyste op, og han skulle lige til at sige noget da kridtlarmen sluttede. Alle elevers opmærksomhed vendtes modstræbende mod tavlen.

Alan farede over til Justine og Molly i frikvarteret. Hans øjne lyste og hans skilning der stod som et lyn i venstre side af korte sorte hår, dirrede.

„Kan I huske det symbol med bøger på Horatio Creeds grav?" spurgte han ivrigt.

„Selvfølgelig,...whatever...", sagde Justine med en ligegyldig mine der komplet prellede af på Alan.

„Jeg har fundet et billede af Ulysses Creed hvor han har nogle manchetknapper på".

„Genialt, så havde han vel også en skjorte på?" spurgte Justine med påtaget interesse.
„Lad ham nu tale ud," sagde Molly.

„Gæt hvilket symbol der var på de manchetknapper?" sagde Alan og blinkede med øjnene.

„Hm... så har det jo nok noget med Creed familien at gøre," funderede Molly.
Alan nikkede: „Det er vist ikke kun Horatio der er glad for bøger".
„Måske er det derfor SteamWorks har så stort et bibliotek," sagde Justine.
„Jeg har tænkt mig at spørge onkel Freedo om trappen," sagde Molly, „Jeg nåede det ikke i går, men han ved en masse om sådan noget".
„Måske skulle du hellere spørge din bog veninde Inga Djur?" foreslog Justine.
„Måske," sagde Molly.

„I skal lige møde en," sagde Alan og nærmest trak dem med over til en elev der stod med ryggen til.

„Hej Ichi," sagde Alan. Ichi Uzimaki snurrede rundt som en hvirvelvind. „Åh, hej Alan," sagde han.
„*Endnu en nørd,*" sukkede Justine stille. Uzimaki var

udvekslingsstudent fra Nihon, og en af Alans bedste venner. De sås næsten lige så ofte sammen som Justine og Molly. *„Så kan vi double-date,"* hviskede Molly, hvilket fik Justine til at lave opkastningsbevægelser. De to piger undertrykte en latter.

„Ses vi i eftermiddag?" spurgte Alan.
„Har paven en spids hat?" spurgte Ichi. „Er jeg nogensinde gået glip af en techdemo?"
SteamWorks holdt ind imellem demonstrationer af deres nye teknologi for eleverne, men kun ganske få deltog. Alan og Ichi var næsten altid imellem dem. Denne eftermiddags demo drejede sig om metallers evne til at farve gasflammer. *Potentialet er enormt. Man kan benytte denne teknologi til at oplyse rum med forskellige farver* havde indbydelsen sagt.

Ichi gav Alan en albue i siden; „De idioter har ingen fantasi," sagde han. „Jeg kan finde på de første 5 mere interessante ting man kan lave med det end *at oplyse rum med forskellige farver,*" vrængede han. Han blinkede. „Hvem er dine nye veninder?" spurgte han, selvom han udmærket kendte både Molly og især Justine som datter af SteamWorks' vicepræsident.

„Det er Molly og Justine," præsenterede Alan med en vis stolthed da nørder normalt aldrig var sammen med andre end andre nørder, og specielt ikke piger. „Enchantè, skønne damer," sagde Ichi aldeles uelegant.
Alle 4 var pinligt berørte. Dampfløjten hylede og fortalte at næste lektion ville begynde om få minutter. Det pinlige øjeblik var ovre, og de åndede alle lettet op. Alle eleverne strømmede mod undervisningslokalerne.

Fru Grammes lektioner var de mest populære, også for de der ikke synes at matematik var det mest interessant fag. Hun besad en evne til at engagere eleverne, til at gøre det kedelige spændende, til at få det abstrakte til at føles relevant.

For tiden var hun ved at lære dem om geometri. Alan var i sit es, Molly var let interesseret og Justine var indifferent.

„Når man placerer en geometrisk figur, f.eks. en trekant, i et koordinatsystem vil hjørnerne i trekanten få individuelle koordinater," fortalte Fru Gramme.

„Disse koordinater fastlægger trekantens areal, rotation og vinkler," fortsatte hun, „senere vil vi komme ind på hvordan man enkelt kan transformere trekanten på forskellige måder f.eks. rotere den".

Hun tegnede et koordinatsystem på tavlen. „Hvis det første punkt," begyndte hun da det bankede på døren.

„Ja?! Kom ind!" sagde hun højt.

Døren gik op og professor Harry Seldom, deres historielærer, så ind i klassen. „Anna Santonia, må jeg lige tale med dig?" spurgte han.

„Selvfølgelig," svarede hun og henvendt til klassen sagde hun: „I slår op på side 521 og læser om punkter i koordinatsystemer," hvorefter hun fulgte Harry ud af klassen.

Molly og Justine så på hinanden. „Hvad var det mon omkring?" sagde Molly. „Og hvorfor kalder han hende Santonia?" spurgte Justine.

„Det er nok hendes *rigtige* navn, hun har vel giftet sig med en Hr. Gramme," sagde Molly. „Håber ikke han hedder Mono til fornavn," lo Justine. Molly klukkede „Læs du nu bare på side 521, inden du får for mange gode ideer, frk. Way".
„Aye, Aye, My Captain," svarede Justine.

Fru Gramme kom ind i klassen igen, lagde en stak foldere på katederet, og klappede i hænderne: „Hør her alle sammen".

„Der er udskrevet en konkurrence i naturvidenskab," begyndte hun. „SteamWorks Universitet er inviteret til at sende 2 repræsentanter til at deltage i Germania". „Der vil være deltagere fra alle de store universiteter i verden".

Elever udvekslede spændte blikke.

„Reglerne er enkle: I kan deltage individuelt med et projekt der beskæftiger sig med natur, videnskab, opfindelser eller en blanding af disse," sagde hun. „Del disse foldere rundt med en nærmere definition af reglerne, og hvordan I melder jer til".

Mens folderne blev delt rundt, fortsatte Fru Gramme, „De 2 vindere kan hver især invitere en kammerat eller en veninde med til Germania".

Hun så ud over klassen hvor eleverne uroligt hviskede med hinanden. „Jeg tror vi lægger geometrien på hylden for i dag," sagde hun. Fru Gramme åbnede demonstrativt døren, hvorefter eleverne strømmede ud.

Alan gik over til Molly og Justine der stadig huskede hændelsen fra sidste frikvarter, så han blev mødt med stilhed.

Han brød den ved at spørge „Nåh, men har I tænkt jer at deltage i konkurrencen?".
„Nej," sagde Molly samtidigt med at Justine sagde „Selvfølgelig".
De stirrede på hinanden. Alle tre brød ud i latter.

Da latteren stilnede, spurgte Molly: „Hvad har du tænkt dig, Alan?".

Alan så tænksom ud. „Jeg er ikke helt sikker; jeg er meget interesseret i Kayan logik, så jeg kunne godt tænke mig at lave noget der var baseret på noget af det".

„Kayan logik?" sagde Justine, „Det lyder *afsindig*t kedeligt!"

„Overhovedet ikke," begyndte Alan, „Alting kan udtrykkes som ting er der sande eller falske".
„Man kan så kombinere udsagn og…". Han holdt inde da både Molly og Justine synkron gabte.

„Måske skal jeg bare opgive på forhånd hvis Justine alligevel vinder," surmulede han.
„Stop lige halv, hvorfor skulle jeg vinde?" spurgte Justine undrende.
„Deler du måske ikke efternavn med SteamWorks' vicepræsident?" snerrede Alan.

„Jeg harmes over at du vælger at tro at jeg vil prøve at bruge min far til at vinde konkurrencen," sagde Justine fornærmet.
„Det er ikke at du bruger din far, men at din far nok skal sørge for det alligevel," konstaterede Alan.

„Fint!" sagde Justine hurtigt.
„Fint!" sagde Alan. De vendte ryggene til hinanden.

Molly så lidt fra Alan til Justine. Hun tog Justine i hånden, og trak hende bort. Alan gik væk i den anden retning. Han mumlede „Det er *ikke* kedeligt, det er enormt spændende…" og så kunne Molly ikke høre mere.

„Hvad har *du* tænkt dig at lave?" spurgte Molly undrende.
„Det ved jeg sgu da ikke," sagde Justine, „men sådan en nørd skal da ikke tro at han er den eneste der kan deltage i konkurrencen". De lo begge og fortsatte ned ad gangen.

„Vi ses," sagde Molly og drejede om hjørnet til den gang hvor Freedos lejlighed lå. „Ciao, bella," hørte hun Justine sige på vej i den anden retning.

Onkel Freedos nynnen indikerede at han var i strålende humør da han kom ind af døren.

Molly ville gerne hurtigt spørge ham, om han vidste noget om bogtrappen, men det fik hun ikke held af lige med det første.

„Onkel Freedo...", begyndte hun.
„Molly!" afbrød han hende.
„Molly, jeg gjorde det!" jublede han, „Jeg lavede en TealGate!".

„Øeeh, en TealGate?!?" sagde Molly undrende.
„Ja, en TealGate!" sagde onkel Freedo med lys i øjnene.
„Det kræver vist en pibe af min bedste tobak," sagde han tilfreds og spankulerede ind i stuen.

Molly stod lidt, inden hun fulgte efter.

Da Molly kom ind i stuen, stod Freedo allerede med sin pibe som han var ved at stoppe.
„Jeg har allerede sendt den ned til Minifikation," blinkede han til Molly, mens han begyndte at tænde piben. „Skal forøvrigt hilse fra frk. Djur; jeg var også lige forbi sikringsafdelingen i biblioteket med de seneste tegninger".

„Hvad er en TealGate?" spurgte Molly der ikke lige synes hun kunne starte med at spørge om bogtrappen når nu hendes onkel var helt oppe og køre over den her TealGate dims.

„En TealGate er," sagde han og pulsede 2 gange på sin pibe, hvorefter han blæste en røgring, „En TealGate er hydraulisk enhed der fra 2 hydrauliske input, skaber et hydraulisk tryk hvis der IKKE er tryk på nogen af inputtene".

Molly rystede på hovedet, „Det forstår jeg ikke," sagde hun. Freedo sukkede. „Man kalder den også en Ikke-Eller gate - fordi den giver Ikke signal hvis det ene input Eller det andet input har signal - hvor signalet er et hydraulisk tryk," prøvede han pædagogisk.

„Det lyder som noget Alan ville været interesseret i," mumlede Molly. Freedo fik et glimt i øjnene. „Jeg tror jeg vil fejre det med at bestille den mekaniske brandbil fra *Gerhards spielzeugladen*," sagde han. Han åbnede en kasse med brevpapir der stod på en af de nederste hylder. Han satte sig med en bakke og begyndte at skrive et brev. *Han skriver nok til Gerhard*, tænke Molly, *nu får jeg ikke spurgt ham om bogtrappen*.

„Molly kære, henter du lige et Germansk frimærke fra reolen i mit arbejdsværelse og en konvolut?" sagde han uden at se op. „Selvfølgelig, onkel," sukkede Molly, og gik ind på hans kontor.

Hun gik hen til reolen og åbnede skuffen mærket med „Frimærker, Germanske". „Det skal være et 100 agua," råbte Freedo inde fra stuen. Molly tog et fint frimærke med en underlig spiral og 100 skrevet under den. Spiralen mindede hende om labyrinten i Barnsworth, men denne her var firkantet. Den så meget fremmedartet ud. Hun lukkede skuffen og åbnede en anden mærket „Konvolutter, små"; frimærket lagde hun fra sig på hylden.

Molly tog en stak konvolutter ud, og udvalgte sig en der så ud som om den kunne passe til det stykke papir, hun havde set sin onkel skrive brevet på. Hun lagde konvolutterne tilbage og skubbede skuffen ind. Da hun gjorde det fik et svagt vindpust frimærket til at hvirvle op i luften.

Hun samlede frimærket op fra gulvet, og bemærkede at bag reolen var der en lodret revne i væggen som vindpustet åbenbart var kommet fra. Da hun så nærmere efter, kunne hun se at revnen fulgte reolen med alle skufferne rundt ved kanten. Det så næsten ud som om at man kunne skubbe reolen ind i væggen. *Måske er det en hemmelig gang*, tænkte Molly.

„Kommer du?" råbte Freedo, og Molly besluttede at hun måtte undersøge revnen en anden gang. „Jeg kommer," råbte hun og gik tilbage med konvolut og frimærke. Madam Pirith dukkede samtidigt op med 2 kopper te og eftermiddagsavisen, og Molly satte sig i sofaen. Freedos pibe og den varme te var noget af det mest hyggelige, hun kunne forestille sig.

Freedo skrev addresse på konvolutten, satte frimærket på og gav konvolutten til madam Pirith. „Poster du den i morgen, Lea?" sagde han. Madam Pirith så på konvolutten. „Det er nicht ein frimærke," sagde hun. Freedo så undrende på hende. „Dette er ikke en pibe," sagde han og holdt sin pibe op. Madam Pirith sukkede og trissede ud med konvolutten i hånden. „Jeg poster den morgens, Dr. Gabe," var hendes afskedssalut. Molly og Freedo udvekslede blikke og lo begge endnu en gang over madam Pirith.

Freedo tog avisen op og kommenterede til Molly „Nu er den rabler det i E.U.", sagde han, „Ham Tetsuo Flye nedlægger alle *kulakker*. Hvordan skal de så få mad?" spurgte han retorisk. Molly lod som om hun ikke hørte ham. Kort tid efter fortsatte han „og i North American Union er det ikke meget bedre - Deres markeder er i panik og Præsident Shaw snakker om en *Fresh Pact*". „Onkel, du kan ligeså godt fortælle mig mere om den TealGate, for jeg aner ikke hvad du snakker om," sagde Molly, mens hun drak sin te. Freedo fordybede sig i avisen, uden at kommentere yderligere.

Da Molly lå i sengen senere, tænkte hun på revnen i Freedos arbejdsværelse, og huskede endnu en gang bogtrappen. *Jeg kan ligeså godt spørge frk. Djur*, tænkte hun. *Der er nok endnu større chance for at hun ved hvad det er.*

Hun tænkte også på konkurrencen, og så tænkte hun ikke på mere. Hun sov.

Molly drømte. Hun lå uroligt i sengen og vendte sig fra side til side.

Ud af en tåge kommer far. „Molly - Molly," siger han og omfavner hende. Han tager hende ud af døren og tågen lægger sig tæt. Mors stemme. „Molly, min skat". Duften af hendes hår. Mor bevæger sig længere væk. Molly løber efter hende „Mor!". Mor vender sig og siger „farvel, min skat". Lige inden Molly når hende bliver hendes krop gennemsigtig. Hun bliver til røg, og Molly forsøger at gribe den, men røgen spredes bare. „Nej, mor, nej," græder Molly. Onkel Freedo står med en avis ved kisten. Hans kæbemuskler er spændte. Far lægger armen omkring Molly der bare stirrer ud i luften. „Det går ikke," siger onkel Freedo. Molly og far der kæmper sig igennem mennesker med spørgsmål og blitzer, hen mod en taxi.

Molly svedte. Under hendes øjenlåg bevægede hendes øjne sig hurtigt.

Far og Freedo inde i stuen. „Jeg giver mig selv skylden," siger far. „Hvordan tager Molly det?" spørger onkel Freedo. „Så godt som et barn der mister sin mor kan tage det," siger far. „Forbandede journalister," siger onkel Freedo. „Vi må ud af landet," siger far. „Des længere væk des bedre. Jeg har nogle venner i Aigypten hvor jeg måske kan være med i en udgravning".

Stuen forsvinder. Mollys gamle værelse. Loftet knirker som om nogen går omkring deroppe. Molly sidder i et hjørne med en dukke. „Det er din skyld," siger hun til dukken. Dukken nikker og smiler. „Du skulle have gjort noget," siger hun, inden hun smider dukken fra sig.

Pludselig står der en hvid hest i værelset. Den pruster. Molly kan se dens ånde. „Hvorfor er her pludseligt så koldt?" tænker hun. På ryggen af hesten sidder en cowboydukke ubevægelig. Hesten bøjer hovedet og pirker til Mollys dukke med mulen. Molly vender sig mod døren for at gå. Hun lægger sin hånd på dørhåndtaget. Hun åbner langsomt døren. „Neeeej!"

Molly vågnede brat. Var der en lyd?
Hun lyttede i mørket, men nu var der helt stille.

Hun vendte sig om for at sove videre, men der var der igen en stille skraben ud fra gangen.

Molly spærrede øjnene op. Havde det været Freedo eller madam

Pirith, ville hun kunne have set lyset under døren. Nogen eller noget var i lejligheden. Molly steg ud af sengen for at undersøge sagen.

KAPITEL 4

Aben om natten

Gangen var lang og mørk, kun oplyst af de svage vågeblus. Tom, så vidt Molly kunne se. Hendes øjne var vænnet til mørket, men hun var ikke helt sikker på, om skyggerne skjulte noget alligevel.
Hun tog et par skridt ud i gangen. Intet skete.
Molly listede forbi madam Piriths værelse, og hen til køkkendøren der altid stod åben.
Hun så ind i køkkenet der også så tomt ud.
Først da opdagede hun at var tørstig, og besluttede sig til at tage et glas vand.
„Dumme fantasi," mumlede hun og bevægede sig over til vasken.

Hun tog et glas fra hylden, og skulle lige til at fylde det da en lyd ude i gangen fik hende til at fare sammen.

Molly krøb hurtigt ind under køkkenbordet som vasken var monteret i. Hun lå lidt ukomfortabelt, men havde dog frit udsyn til døren. Der lød mere støj ude fra gangen. Var det skridt? Ikke som nogen skridt Molly nogensinde havde hørt før.

Netop da trådte en abe ind i køkkenet. Molly stivnede. På alle turene med sin far havde det været et stort problem at hun var frygtelig bange for dyr. Den mindste edderkop, myg eller myre fik hende til at gå i en komalignende tilstand. Mollys far havde prøvet at „kurere” hende ved at udsætte hende for mange forskellige dyr, i forskellige størrelser, men intet havde hjulpet. Engang med en elefant var der nær gået galt da Molly ikke engang flyttede sig, selvom elefanten var lige ved at træde på hende. Heldigvis havde elefantens fører en særdeles god kontrol over sin elefant der få centimeter fra Molly trak sin massive fod til sig igen. Efter det havde Kyo resigneret, og i stedet forsøgt at minimere Mollys muligheder for at møde dyr overhovedet. Det betød ofte at hun blev parkeret i et telt, under op til flere myggenet med en stak bøger.

Selvom hun var paralyseret af skræk, fungerede hendes hjerne stadig og den fortalte hende at aben ikke opførte sig rigtigt. I hvert fald ikke som de aber hun havde været paralyseret over i Malaysia. De kravlede over det hele, hængende i en arm, i halen, sådan på en doven måde - alt imens de interesseret pillede ved alt; tydeligvis uden forståelse. Alle menneskeskabte genstande var mystiske for dem, og man så tydeligt på den måde de holdt genstandene på at de ikke havde nogen forståelse for hvad et fotografiapparat eller en lommekniv var beregnet til. Sådan var alle aber - altså sådan abeagtige. Bare ikke denne her. Hvilket på et underligt abstrakt plan samtidigt gjorde den både mere frygtindgydende og mere interessant.

Denne abe gik oprejst ind i køkkenet. Den så sig omkring som om den ledte efter noget. Derefter gik den målbevidst hen til køleskabet. Molly kendte den hissende lyd som køleskabe siger når de bliver åbnet, lige så godt som alle andre men alligevel gav det et sæt i hendes krop da hun hørte den karakteristiske lyd denne gang. Det fik heldigvis ikke aben til at opdage hende, selvom den var ganske tæt på nu. Hun kunne lugte den.

Aben kiggede interesseret i køleskabet og fandt en krukke med syltede agurker. Aben smækkede døren med et mindre brag der så ud til at overraske den. En normal abe ville nok være blevet bange, men denne abe rystede ligesom på hovedet og gik videre med sit planlagte gøremål. Molly så forundret til da aben trak en stol ud, satte sig på den og gik i gang med at spise agurker fra krukken med største velbehag. Den smaskede lystigt da lyset pludseligt blev sat på max og flammen sprang op med et „whoosh". Madam Pirith var blevet vækket ved lyden af den smækkende køleskabsdør, og var kommet ind i køkkenet.

Det gik et sekund hvor madam Pirith og aben så hinanden an. Deres munde åbnedes i synkron slowmotion, og Molly kunne ikke afgøre hvilken lyd er kom fra hvem, kun at larmen var øredøvende. Aben smed krukken fra sig og kantede sig forbi madam Pirith der elegant undveg dyret, samtidig med at hun holdt tonen perfekt. Molly undrede sig over at glassene i skabet holdt. Under madam Piriths høje C kunne hun høre aben skramle ud i gangen, efterfulgt af en smækkende fordør, hvilket heldigvis fik madam Pirith til at sænke lydstyrken, først til en hvisken, siden en rallen, til sidst efterfulgt af tunge åndedrag.

„Hvor brænder det?" spurgte onkel Freedo der var blevet vækket af larmen. Madam Pirith skulle til at svare da hun opdagede Molly under vasken.

„Liebling!" sagde hun og hev Molly ud og puttede sine arme omkring hende. Molly der nu kunne røre på sig, sagde „Jeg har det fint".

„Hvad skete der?" spurgte onkel Freedo igen der havde misset abens exit.

„Der var en abe," sagde Molly, „Den spiste syltede agurker". Den ituslåede krukke på gulvet gav hende ret. „Det er rigtigt," sagde madam Pirith, „Den løb auf da jeg tændte lyset". „En abe?" sagde Freedo tænksomt.

„Ja, og den var helt forkert," sagde Molly. „Nej det var en helt rictich abe," sagde madam Pirith nikkende.

„Jeg må hellere gå ud og fortælle det til Sikkerhed," sagde onkel Freedo, „I låser døren og åbner kun for mig når jeg kommer tilbage; o.k.?".

„O.k.," sagde Molly og madam Pirith samstemmende.

Lidt senere sad Molly og madam Pirith med hver deres kop kakao inde i stuen. Der var ingen af dem der havde lyst til at sidde i køkkenet.

„Jeg fortæller dig, madam Pirith, den opførte sig som et menneske," sagde Molly. „Wie et menneske…", sagde madam Pirith tankefuldt.

„Dette mindet mir om en historie fra min barndom, historien om Soylenterne," sagde madam Pirith med sin klingende accent.
„Hvordan er den?" spurgte Molly interesseret.
Madam Pirith begyndte på sin historie:

Der var engang en konge i et rige der var rigt og lykkeligt. Folket var lykkeligt og glade for deres konge. Kongen regerede viist og retfærdigt.

En dag blev riget invaderet af en flok rotter der var værre og mere snu end almindelige rotter. De spiste af folks korn der blev dårlig på grund af de sygdomme rotterne bragte med sig. De gnavede i husenes tage, så det regnede ind. De var skyld i alskens ulykker, og efter kort tid var landet ikke helt så rigt længere, ikke helt så lykkeligt. Det var lidt som at få en lillebitte sten i skoen; man kan sagtens gå, men den irriterer hele tiden. Selvfølgelig kan man bare tage skoen af og ryste stenen ud; det er ikke helt så let med en stor flok rotter.

Folk blev mere og mere utilfredse og krævede at kongen handlede. Kongen sendte bud efter alverdens rottefængere, men alle kom til kort overfor de snu rotter.

Til sidst fik rotterne også skyld for forsvundne børn, smykker, ja sågar penge som om rotter kærer sig om den slags, men folk troede efterhånden på alle disse historier selv.

Kongeriget var på kanten af et oprør da kongen en dag blev opsøgt af en gammel kone. Hun tilbød at hjælpe kongen med sit rotteproblem. Kongen var lidt mistroisk da alle de professionelle rottefængere havde fejlet, så hvad skulle en gammel kone kunne gøre?

„Jeg gør dem lige så store som mennesker, min herre," sagde den gamle kone, „så kan de ikke gemme sig for dit politi". Vagten der stod ved siden af kongen, hviskede „Du skal ikke stole på hende, Herre. Hun er kendt som en af de mørke læsere". Kongen viftede afværgende af vagten. „Og hvad skal du så have for det?" spurgte han den gamle kone.

„Kun en lille ting," sagde hun, „Den bog, du fik fra din farfar som du alligevel ikke bruger til noget". Konge blev først lidt vred over hendes frækhed, men tænkte lidt over hvad det egentlig ville være værd at slippe for de rotter. Hun havde jo egentlig ret - han havde læst bogen og den var rimeligt ordinær, men hvis den nu havde magiske kræfter? Så ville det måske være farligt at give den til hende?

Han besluttede sig for at sige o.k. til handlen, men han ville ikke give hende bogen alligevel når først rotterne var forvandlet. Så ville han lave en ny handel med hende, måske 200 aguaer til betaling. Ja, sagde han til sig selv, det er det jeg gør. Vagten hviskede „Gør det ikke, Herre!". Kongen slog ud med hånden igen.

„Jeg går ind på din handel," sagde Kongen til den gamle kone. Den gamle kone smilede. Hun fandt sin taske frem og valgte en af de 3 bøger i den. Hun slog op på en side og gjorde en bevægelse med sin krogede finger, og mumlede noget vrøvl der lød som „Klaatu Barada ...Necktie" for kongen. Hun så sig uroligt omkring. Der lød torden i det fjerne. „Det var så det?!?" sagde hun.

„Jeg kommer igen i morgen aften efter min betaling," gnæggede hun.

I løbet af dagen voksede rotterne til menneskestørrelse, og begyndte at opføre sig lidt ligesom mennesker. („Det var derfor jeg kom til an den historie zu denken," indskød madam Pirith). *Folk var ret bange for dem, men kongen politi gik rundt og arresterede dem en efter en.*

Til sidst var alle rotterne fanget og puttet i kongens fangekælder, og folket jublede. Kongen var tilfreds, men lidt bekymret for sin aftale med den gamle kone.

Aftenen efter dukkede den gamle kone op, for at kræve sin pris. Kongen prøvede at lokke med pengene i stedet, men den gamle kone insisterede. „Vi lavede en aftale," sagde hun vredt. Kongen blev endnu engang arrig over hendes frækhed. Hvor vover hun at stille spørgsmål ved min retfærdige betaling? sagde han til sig selv. „Så må jeg jo selv tage den," sagde den gamle kone. Det var for meget for kongen, og han beordrede sin vagt til at dræbe den gamle kone. Vagten huggede med et resolut sving af sin sabel, hovedet af den gamle kone. Hovedet rullede hen for kongens fødder og væltede hendes taske, så bøgerne faldt ud.

Øjnene rullede og så op på kongen. „Soylent er folk," hviskede det, inden en rallen viste at den gamle kone endelig var død. Kongen åndede lettet op. Hans rige var sikkert igen. Da var det at kongen læste titlen på den øverste bog der lå på gulvet. „Døden er en mester fra Germania" var titlen. Han følte at det var rettet mod ham. „Brænd de bøger," sagde han til vagten. Men da vagten næste dag prøvede at brænde bøgerne, kunne han ikke få dem til at brænde lige meget hvad han gjorde. Den nat smed vagten bøgerne i en udtørret brønd.

„Slutter den der?" spurgte Molly forundret. „Både ja og nein," sagde madam Pirith og fortsatte.

Næste morgen opdagede kongens politi at fangekældrene var tomme. Alle var nu bange for at rotterne var blevet små igen, og at plagen ville begynde forfra.

Det var ikke tilfældet. Efter nogen tid begyndte der at komme nogle folk der rejste med hestevogn gennem landet. Der begyndte at gå historier blandt folk at rotterne var blevet helt forvandlet til mennesker med den gamle konens sidste ord. Så folk begyndte at kalde de folk for Soylenter, og der gik ikke længe før Soylenterne fik skyld for alle de små problemer der opstod i kongeriget.

Kongeriget blev aldrig helt så lykkeligt eller helt så rigt igen. Bøgerne ligger stadig på bunden af en udtørret brønd og venter på en ny gammel kone.

„Og hvad med Soylenterne?" spurgte Molly. „Åh, de findes skam," sagde madam Pirith, „De rejser rundt på fastlandet i deres kutschen - vi kalder dem Soys i stedet for Soylenter".

Pludselig kunne de høre skridt ude på gangen. Molly og madam Pirith listede sig hen til døren og lagde deres ører til. De kunne svagt høre Freedo tale med en person derude. Madam Pirith lindede på døren så de kunne høre bedre, selvom Freedo havde forbudt det.

„…Igor, det er jo helt uansvarligt," hørte de Freedo sige.
„Overhovedet ikke," sagde Igor McAtall som Freedo åbenbart talte med. „De er lukkede inde bag dobbelte døre. Jeg forstår ikke hvordan en skulle kunne slippe ud, medmindre nogen har lukket den ud".

„Du må undersøge det, så det ikke sker igen," sagde Freedo, „og så håber vi at Sikkerhed kommer med dyret inden alt for længe".

„Du har mit ord," sagde professor McAtall der gik ned ad gangen. Madam Pirith nåede lige at lukke døren inden Freedo bankede og råbte „Det er mig!". De ventede strategisk omkring 10 sekunder inden de åbnede døren for ham.

„Sikkerhed er ud at lede efter aben," sagde han beroligende til Molly.

„Den kom fra McAtalls laboratorium hvor han laver nogle forsøg på primater," forklarede han.

„Den opførte sig slet ikke som en abe," prøvede Molly at forklare.
„Nej, det er klart, den er jo slet ikke vant til at gå rundt på et stort firmas hovedsæde," sagde Freedo.

„Det er ikke det jeg mener," sagde Molly lettere irriteret over at

ingen ville høre på hende.
„Sikkert ikke, men nu trænger vi alle til at gå i seng, så snakker vi om det i morgen igen".

„Lås nu døren, Lea," sagde Freedo.
„Er I nu ganz sicher på at det er en af Igors aber?" spurgte madam Pirith forsigtigt.
„Der er ikke ret mange andre der har aber på deres laboratorium," smilede Freedo, „men vi ved sikkert mere i morgen".
„Igor plejer at være meget sorgfältig med at låse sit laboratorium auf," sagde madam Pirith bestemt.
„Det gør han sikkert," sukkede Freedo, „men aben kom et eller andet sted fra, men kan vi få den dør låst så vi kan sove?"
„Selvfølgelig, dr. Gabe," svarede madam Pirith og kort efter hørte de døren blive låst.

Freedo der kendte Mollys skræk for dyr, blev ved Mollys seng indtil hun sov igen, inden han selv gik til ro. Roen sænkede sig langsomt over lejligheden igen.

KAPITEL 5

Erwin

Molly åbnede døren til biblioteket langsomt. Ikke specielt for ikke at lave nogen larm, men simpelthen fordi døren var stor og tung for en pige i hendes alder.

Hun gik hen til skranken for at tale med frk. Djur, men bibliotekaren var intetsteds at se. Mærkeligt fordi frk. Djur altid var i biblioteket. Molly og frk. Djur var blevet så tæt på venner som det nu var muligt når den ene parts liv kun er bøger, bøger og endnu flere bøger. Siden Molly havde færdiggjort „Halskædernes Mester" og nydt den, havde frk. Djur præsenteret hende for gode, mindre gode og fantastiske bogoplevelser, og i dag var Molly kommet for at aflevere den seneste ekskursion ind i fantasien.

Hun tog bogen ud af sin taske og lagde den i „Ind" bakken, og kikkede rundt for at se om frk. Djur stod ved en reol i nærheden. Ingen kunne ses, og det store bibliotek virkede pludselig lidt farligt.

Gaslysene flakkede, nogle lyste op og andre blev svagere. Der dannedes nærmest en lysende sti mellem bibliotekets reoler.

Molly tog et par skridt ned af „stien". „Frk. Djur…?" sagde hun prøvende.

Der var intet svar, kun mere blafren af flammer.

Hun gik længere ind i biblioteket, draget af det mystiske flammeskær der flyttede sig fremad og indad. Reolernes skygger blev længere, des dybere hun kom.

Dybt inde stoppede lyset op, og Molly indhentede det i en krydssektion hvor hun aldrig havde været før. Hun stod stille og så i alle retninger.

Der lød et bump inde fra en sidegang. „Frk. Djur...?" hviskede hun. En stige på hjul kom langsomt rullende ud mod hende.

„Hvem der?" spurgte Molly. Intet svar.

Hun gik langsom ind i sidegangen. Da hun passerede stigen, lød en sagte lyd fra toppen af reolen der fik hende til at stoppe op.

Det var som om det store bibliotek prøvede at fortælle hende noget. Hun satte en fod på bunden af stigen. Lysene flakkede opmuntrende.

Hun tog et trin mere. Og et til. Og et til. Lysende steg i styrke. „Her," sagde de uden lyd. Molly stirrede på hylden. Hun lod sit blik studere ryggene på bøgerne der så ud som om de ikke var blevet rørt i mange år.

En af bøgerne så lidt friskere ud, lidt mere levende, lidt *anderledes*, i forhold til de andre. Hun rakte hånden frem og vippede bogen ud fra hylden.

Selvom det var en stor bog, vejede den bemærkelsesværdigt lidt. Hun kunne let tage den i en hånd og træde ned af stigen.

Da hun stod på gulvet, løftede hun bogen for at se hvad det var for en. Det var ligesom om bogen, ja ikke kun den, men hele biblioteket sukkede; et gigantisk „endeligt". Der var gyldne bogstaver på ryggen, men inden hun kunne læse hvad der stod, hørte hun frk. Djurs stemme fra den anden ende af biblioteket.

„Molly?". Hun måtte have set bogen i „Ind"-bakken.

Molly stoppede hurtigt bogen i sin taske - af en eller anden grund føltes det ikke som om at frk. Djur skulle vide noget om dette „udlån".

„Jeg er hernede," sagde Molly, og gik tilbage mod forenden af biblioteket. „Hvad laver du dog nede i den sektion, barn?" skændede frk. Djur dog uden rigtig at mene det.

„Jeg ledte efter Dem, frk. Djur," svarede Molly og de begyndte straks at snakke om bogen som hun lige havde afleveret, og de nye bøger frk. Djur havde fundet frem til Molly. Hun glemte næsten alt om bogen der havde kaldt på hende, bogen der nu lå i hendes taske med sine uopfyldte løfter.

Da Molly lidt senere gik ud af biblioteket, havde hun armene fyldt med bøger, og tasken over den ene skulder.

Lige da hun drejede om hjørnet, stødte hun ind i en dreng og alle bøgerne faldt på gulvet. Drengen undskylde og begyndte at hjælpe hende med samle bøgerne op. Da Molly så op for at modtage de sidste bøger fra ham, så hun ind i et par nærmest magisk lyseblå øjne. Deres milde udstråling fik Molly til at tabe vejret lidt. De sad på hver sin side af en aristokratisk formet næse i et ansigt der var indrammet af kortklippet blondt hår.

„Tak," sagde hun befippet.
„Ingen årsag," svarede drengen med den fineste svage Germanske accent. Molly kunne genkende den fra madam Piriths der på ingen måde var fin eller svag. Faktisk kunne man bedst betegne madam Piriths sprog som gebrokkent, men Molly og Freedo forstod det

perfekt.

„Nogle gode bøger, du har der," kommenterede han, „Fine klassikere".

„Tak," gentog hun. „Jeg har ikke læst dem endnu dog".

„Erwin von Rechts," præsenterede drengen sig, næsten militaristisk og med en tone der egnede sig til at blive efterfulgt af lyden af hæle der smækker sammen.

„Molly," sagde Molly famlende, „Molly Gabe".

„Molly Wiebd Gabe? Marie Wiebds datter?" spurgte han forsigtigt.

„Ja, Marie var min mor, hvordan vidste du det?," spurgte Molly forundret.

„Jeg kondolerer," sagde Erwin, „Du skal vide at jeg synes det var foragteligt hvad de Juwes gjorde". „Juwes? Hvad er det for nogen?," spurgte Molly og tilføjede „og hvad gjorde de?".

„Øh," sagde Erwin,"Det troede jeg at du vidste, Ehm, Juwes er det vi kalder dem der har gået på Juvenheim Universitet i Rostok".

„Det var der mine forældre mødte hinanden til en konference," sagde Molly, „og hvad gjorde de så, de Juwes?". „De skrev nogle forfærdelige artikler om din mors teorier," sagde Erwin stille.

„Kender du min mors teorier? Min far og onkel har aldrig rigtig fortalt mig om hvad de gik ud på," spurgte Molly.

„Ach, kun ganske lidt," sagde Erwin, „Jeg kender kun til sagen fra gamle aviser og mine forældres samtaler om emnet. Og var forøvrigt kun 2 forskere der skrev artiklerne - de fleste Juwes er fornuftige videnskabsfolk".

„Sikkert," sagde Molly der havde været så optaget af den nye information om sin mor at hun næsten helt havde glemt Erwins udstråling. Den genopdagede hun nu, mens hun tænkte over hvad de mon havde skrevet, de „Juwes". Endnu engang tog det luften fra hende, og hun var næsten overvældet af at hun havde en samtale med en sådan åbenlyst særlig person.

Han virkede upåvirket af hendes pludselige tavshed, og fortsatte med at tale til hende med samme tillidsvækkende stemme, den stemme med den smukke germanske accent. Hun følte at hun kunne høre på ham i timevis.

„...og så er jeg på udvekslingsbesøg fra Germania. Jeg bor oppe på 33. etage, du ved kollegieetagen," sagde Erwin.
„Jo, jeg kender den godt," sagde Molly, mens hun så op på ham. Han var et hoved højere end hende, slank med alligevel veltrænet. En gennemført aristokrat.

„Måske kunne du komme op engang?" spurgte han. „Mig?" sagde Molly forfjamsket, „Taler du til mig?". Han så sig demonstrativt omkring, „Der er jo ikke andre her".

„Vi kunne jo snakke om bøger?" fortsatte han da hun stadig ikke svarede. „Selvfølgelig," fik hun fremstammet.

„Jeg bor på Dorm værelse 31 - du kan bare spørge i receptionen".

„O.k.," var alt hun kunne finde på at sige. Erwin stod lidt og gik så langsomt baglæns væk fra hende, mens han lavede en klodset farvel bevægelse. „Nå men jeg må videre," sagde han.

„Fredag?" busede hun ud med, mens han var ved at vende sig. Han så direkte på hende igen og smilede, „Fredag efter aftensmad - det er en aftale".

Han vendte sig og gik med faste skridt væk.

Molly stod stadig med et drømmende udtryk i ansigtet da Justine dukkede op.

„Hey, tør lige det savl af hagen," sagde Justine, „Hvem er han?".
Molly virrede med hovedet og rømmede sig, „Hvem?".

„Ham der tydeligvis har roteret dit hoved et par gange - du kan ikke snyde mig," sagde Justine storsmilende.

„Øh, han hedder Erwin," tilstod Molly rødmende, „og han er udvekslingsstudent fra Germania".
„Ah, du er ramt, min pige," grinede Justine, „Stakkels Alan".

„Stop nu med det pjat," sagde Molly lettere irriteret, „hvad ved du om aben i nat?"
„Hvilken abe?" spurgte Justine forbavset.
„Der var en abe der brød ind i vores lejlighed," fortalte Molly, „Jeg overraskede den i køkkenet hvor den var ved at plyndre vores køleskab".

„Det lyder som noget af en abe," kommenterede Justine.
„Det VAR noget af en abe - den opførte sig nærmest helt menneskeligt," sagde Molly, „Den var fra McAtalls laboratorium".

Justine så tænksom ud, det vil sige, hun forsøgte at se tænksom ud; desværre så det mest ud som om hun havde tandpine.

„Måske er han ved at skabe en hær af aber," forslog hun. „Menneskelige aber," tilføjede hun ildevarslende. „Det lyder meget sandsynligt," sagde Molly ironisk, „desværre havde den ikke rustning på eller gik med sværd".

„Måske har han udviklet et medikament der forøger hjerners intelligens?" prøvede Justine igen. „Det kunne måske være muligt hvis ikke lige det var at McAtalls laboriatorie er på samme etage som onkel Freedos og således burde det være noget med hydraulik eller mekanik".

„Det kan være at din ex-kæreste Alan, har nogle bedre forslag," mulede Justine, „hvis ikke han har for travlt med sin *Kajak-logik*".

„Han er ikke min ex-kæreste," vrissede Molly, „fordi Erwin ikke er - årh, glem det".

„For at snakke om noget andet så," sagde Justine,"har du fundet ud af noget om bogtrappen?".
„Skudt ud!" sukkede Molly, „Først fik jeg ikke spurgt onkel Freedo, fordi han var alt for begejstret for sin opfindelse, og jeg fik heller ikke spurgt frk. Djur, på grund af den bog".

„Hvilken bog?" spurgte Justine.
„Ligemeget!" sagde Molly tydeligt irriteret på sig selv.

„Hvad har din onkel opfundet?". Molly så forundret på Justine.
„En eller anden TealGate ting," svarede Molly.

„Han prøvede at forklare mig det, men det var omtrent lige så spændende som Kayan logik".

Alan kom om hjørnet, men da han så dem lavede han en stor bue og var på vej tilbage, hvorfra han kom.

„Hey," kaldte Justine efter ham. Han vendte sig og kom modvilligt tilbage til dem. „Ja?" sagde han spørgende.
„Du må undskylde at jeg kaldte din logik kedelig," sagde Justine brødebetynget, „Jeg ved at du er meget interesseret i det".

„Det er o.k.," smilede Alan og så på Molly, „Det er jo heller ikke fordi jeg synes at historie er super interessant".

„Prinsesse Tusindfryd, her," fortalte Justine, „har lige berettet at vi ikke ved en snus mere om bogtrappen da hun ikke fik spurgt frk. Djur uvist af hvilken årsag, og heller ikke fik spurgt sin onkel, fordi han var ophidset over at have opfundet en TailGate".

„En TealGate?" sagde Alan hvis øjne lyste op. „Ja," sagde Molly, „Han var helt oppe og ringe".
Alan fik et helt vildt udtryk i øjnene; han begyndte at bevæge sig i ryk og kunne knapt formulere sig.
„V-V-Ved I hvad det betyder?" fik han fremstammet.

„Næppe en nobelpris," sagde Justine lakonisk. „Det skal du nu ikke være så sikker på," sagde Alan, „Jeg må tale med din onkel".

KAPITEL 6

De forsvundne

Fredag morgen vågnede Molly for første gang i lang tid, frisk og udhvilet efter en drømmeløs søvn. Hun trissede småsmilende ud i køkkenet, med en let uro i kroppen ved tanken om sin aftale med Erwin den samme aften.

Erwin, tænkte hun igen og igen. Der var en vis magi over navnet. Justine havde vist ret, hun var ramt. Molly smilede igen.

Hun smurte sin toast med noget jordbær-marmelade, og ventede hele tiden at madam Pirith skulle komme ind og spørge til hendes gode humør. Der var nu efterhånden gået en del tid siden Molly var stået op og hun var begyndt at undre sig over hvor hendes onkels husholderske var.

Freedo kom ind i køkkenet. „God morgen, Molly," sagde han, „Har du set Lea?".
„Nej, jeg troede at du måske havde givet hende fri eller noget, siden hun ikke var her?" svarede Molly.

De så bekymret på hinanden. „Hun er vel ikke syg," sagde Freedo og gik ud i gangen og hen til madam Piriths værelse hvor han bankede på. „Lea? Er du derinde?". Intet svar.

Molly var kommet ud i gangen da Freedo forsigtigt åbnede døren. Madam Piriths værelse var tomt. Sengen så uberørt ud, og der lå ikke nogen besked på hendes skrivebord. Alt hendes tøj var stadig i hendes skab.

Nu var de begge for alvor bekymrede. Madam Pirith var som et fint svejtsisk urværk og hun havde aldrig forladt Freedo uden en aftale eller i det mindste en besked.

„Jeg går ned snakker med Sikkerhed," sagde Freedo bekymret. „Jeg håber ikke at det har noget med den abe at gøre," sagde Molly. Freedo rynkede panden, „Hvorfor skulle det dog have noget med den at gøre?" sagde han.

„Du låser hvis du går i skole, inden jeg er tilbage, ikke?" sagde han og gik.

Molly satte sig ind og spiste sin toast. Fredag begyndte skolen sent, så hun sad stadig i køkkenet og spekulerede over hvor madam Pirith mon kunne være blevet af da Freedo kom tilbage til lejligheden.

„Sikkerhed siger at Lea Pirith og professor Igor McAtall forlod bygningen i nat kl. 2:34, ifølge receptionens notater," konstaterede han med en undren.

„Med McAtall? Det giver da ingen mening?" sagde Molly, „Kendte hun ham?". „Tjaeh, det gjorde hun vel, siden de var på fornavn med hinanden - kan du ikke huske at hun sagde at ‚Igor altid var så omhyggelig'?".

„Jo, nu du siger det, men alligevel? Tror du at de er rendt væk sammen?". Freedo og Molly udvekslede blikke. Så lo de højt, men deres latteren kunne ikke dulme deres bekymring og den stilnede hurtigt af.

Pedro Lore var den lærer der underviste i naturvidenskab. Alan var naturligvis i sit es i hans timer, men selv Justine fandt ind imellem hans timer interessante (specielt når han ikke gav for meget hjemmearbejde for). I dag var emnet minifikation, altså hvordan den afdeling der arbejdede med at gøre ting små, videnskabeligt gik til emnet.

Molly kunne ikke rigtig koncentrere sig da hun skiftevis tænkte på madam Piriths forsvinden og sin aftale med Erwin senere på dagen. Justine gav hende en albue i siden, „Sidder du nu og drømmer igen, pigelil?" hviskede hun.
„Madam Pirith og professor McAtall er forsvundet - de forlod bygningen i nat," hviskede Molly tilbage.

Justine spærrede øjnene op. Man kunne næsten se de små tandhjul falde på plads, mens hun formulerede en teori om forsvindingen: „Han har bortført hende!".

„Vrøvl," sagde Molly, „hvorfor skulle han dog gøre det?".
„Han var færdig med sit forsøg på aberne, nu skulle han bruge en menneskelig forsøgskanin!"

„Så havde han vel udført eksperimentet i sit laboratorium; han har vel ikke et laboratorium ude i byen". Justine vidste godt at dette var utænkeligt, eftersom alle ansatte ved SteamWorks blev checket inden ansættelse, og at Sikkerhed holdt øje med alt mistænkeligt, fordi ledelsen generelt var panisk angste for industrispionage.

„Så må de være blevet forelskede og stukket af sammen! Min far var forelsket i nabopigen da han var ung og han siger at de var tæt på at stikke af sammen," sagde Justine, „Han giftede sig vist kun med min mor, fordi hun var en Creed".

„Tror du ikke at madam Pirith havde pakket noget tøj hvis de var stukket af sammen?" spurgte Molly.

„O.k., så må professor McAtall have bortført hende for at gifte sig med hende," fortsatte Justine.

„ER DET NOGET DU VIL DELE MED HELE KLASSEN," tordnede professor Lore til Justine. „Øh, nej, undskyld," mumlede Justine.

„Så vil jeg gå videre omkring materialedimensionering," fortsatte professor Lore sit foredrag.

Molly smilede, og hviskede til Justine „Din teori er det bedste bud indtil videre. Forøvrigt, skal du noget i eftermiddag?".

Justine rystede på hovedet. „Jeg kunne godt trænge til lidt hjælp," sagde Molly.

Da Molly valgte „33. Etage Dorm" i elevatoren, var det med hjertet helt oppe i halsen. Hun havde brugt hele eftermiddagen på at finde ud af hvad hun skulle have på og Justine havde ikke været megen hjælp.

Hun var allerede lidt forsinket, men Justine havde ment at man ALDRIG måtte komme for tidligt til en date (i hvert fald når man var en pige). Hvis bare madam Pirith havde været her, kunne hun måske have givet hende nogen råd (hun ville i hvert fald ikke spørge onkel Freedo - han skulle helst ikke vide noget om Erwin). Bare McAtall ikke havde gjort noget forfærdeligt med madam Pirith.

Elevatoren afbrød hendes tanker da døren åbnedes på Dorm etagen, og Molly trådte ud og gik hen til receptionen. En dreng der så ud til kede sig gudsjammerligt, sad og læste en bog der måske var Pawel Keaonens magnum opus eller noget lignende. Molly rømmede sig, og han hoppede næsten en meter i luften.

„Øh, nummer 31?" sagde hun forsigtigt. „Erwin? Jaeh, vi har en …

en aftale".

„En aftale, ja," smilede han og blinkede. „Du går bare ned ad den gang, så står der 31 på døren". Han pegede ned ad gangen.

„Tak," sagde Molly og begav sig ned af gangen. Hun stod lidt foran døren med nummer 31, inden hun bankede på. Erwin åbnede så hurtigt at man skulle tro at han havde stået på den anden side og ventet.

„Hej...", sagde han. „Hej selv," sagde Molly og smilede kejtet. De stod lidt forlegne.
„Øeh, kom indenfor," sagde Erwin og flyttede sig, så hun kunne komme ind. „Tak".

Værelset var spartansk indrettet; kun et skrivebord og en seng. Molly satte sig på sengen og Erwin satte sig på stolen ved skrivebordet.

„Har du nogensinde læst Halskædernes Mester?" spurgte Erwin. Molly smilede. „Ja, det var den første bog frk. Djur nede i biblioteket lånte mig, første gang jeg kom til SteamWorks". De snakkede løst og fast om deres yndlingspassager og karakterer fra bogen.

„Hun virker ret belæst, hende din veninde Djur?".
„Det kan man godt kalde hende," sagde Molly, „Hun beskæftiger sig ikke med andet end bøger. Nogen gange tror jeg at hun har læst ALLE bøgerne i biblioteket, hvertfald en gang, og de fleste flere".

„Min familie har også et veludstyret bibliotek, men jeg har ikke engang læst halvdelen". „Din familie?" spurgte Molly interesseret.

„Min familie kommer fra Dunerhoff hvor vi har et lille slot. Det slap forholdsvis uskadt igennem Den Sorte Krig, men det er svære tider i Germania".

„Min mor var fra Germania, men det vidste du vel allerede?. Vores husholderske kommer også derfra," sagde Molly og følte bekymringen for madam Pirith løbe op og ned af hendes ryg.

„Ja, mange rejser fra Germania i disse tider," sukkede Erwin. Molly kunne næsten se hans pludselige hjemve. „Du snakkede om min mors teorier?" sagde hun. „Ja?" sagde han og lagde hovedet interesseret på skrå. „Øh, det lyder måske dumt, men kan du fortælle mig om dem?". Han rynkede brynene. „Kender du ikke din mors arbejde?" spurgte han. Hun smilede forlegent. „Ellers havde jeg vel ikke spurgt". Erwin fik et undskyldende udtryk i ansigtet. „Jeg ved ikke så meget," sagde han, „det er noget med at bøger fandtes i ældgamle civilisationer". Han slog ud med armene. „Jeg ved desværre ikke mere". De så på hinanden i tavshed.

„Har du nogensinde været oppe på taget af SteamWorks bygningen?" spurgte Erwin pludseligt. „Nej, kan man overhovedet det?" spurgte Molly interesseret.

„Ja, drengene her på Dorm har gjort det lidt til en sport. Egentlig er det kun topledelsen der kan komme derop - elevatoren kører kun de sidste fem etager hvis man har en nøgle".

„Ja, Justines far har vist en, har hun nævnt engang".

„Selv Sikkerhed har ikke en, og det er sådan vi kommer derop hvis du er interesseret, altså?". Molly ville have været interesseret, om han havde foreslået at de skulle flette peddigrør.

„Vi skal skynde os, klokken er snart 4". Han tog hendes hånd og trak hende let op fra sengen. Hun fulgte ham ud af døren, hen til elevatoren. Drengen i receptionen gav Erwin et o.k. tegn med fingrene da de gik forbi. „Ignorer ham," hviskede han.

I elevatoren valgte Erwin „45. Mødelokaler," som var den øverste etage man kunne vælge uden en nøgle. I elevatoren udvekslede de nervøst blikke, men Molly var mest fokuseret på sin hånd i hans faste greb. Hun bemærkede ikke at elevatoren nåede sit mål, før Erwin nænsomt trak hende ud og over i en sidegang.

Erwin pressede sig imod væggen, og Molly gjorde instinktivt det samme. Han så på sit ur. „Nu varer det ikke længe".

En dør i den modsatte væg gik op, og en vagt kom ud. Han gik ned af en anden gang, og Erwin slap hendes hånd og løb over og holdt døren, inden den lukkede automatisk. Han smilede til hende. „Kom," hviske-råbte han til hende. Hun løb over til ham, og de gik igennem døren der lukkede sig bag dem.

De tog trapperne de sidste 5 etager op til taget. En dør ledte ud på bagsiden af den lille overbygning, forsiden havde elevatorens døre. Solen var allerede forsvundet under horisonten, men himlen var en symfoni af farver.

„Flot, ikke?" sagde Erwin der havde taget hendes hånd igen.
„Det er helt fantastisk," sagde Molly.

Der var en landingsmarkering på taget, og i forbindelse med den var der også nogle borde og bænke. Erwin ledte hende hen til en bænk, med udsigt ind over byen.

De sad længe i stilhed, hånd i hånd, mens mørket langsomt sænkede sig. Overalt i byen tændtes lysene, selv på den anden side af floden. Det var et betagende syn.

„Det er tid til at gå ned igen," sagde Erwin stille. „Sikkerhed kommer her igen om en halv time". Molly nikkede.

De gik sammen hen til trappedøren. Da de nåede Dorm etagen, så Molly direkte på Erwin. „Jeg skal også hjemad nu".

„Jeg har haft det hyggeligt," sagde Erwin. „Også mig," sagde Molly. Hun stillede sig op på tæer og kyssede ham på kinden.

„Vi ses," sagde hun og gik hen og trykkede på elevatorknappen. Erwin stod og så efter hende da dørene lukkede sig og elevatoren bragte hende nedad.

KAPITEL 7

Bogen

Selvtilliden svulmede i Molly da hun mødtes med Justine lørdag formiddag. Hun var ved at boble over med den foregående aften, men hun ville ikke fortælle Justine noget, for så ville hun ikke kunne lave andet resten af dagen, end at komme med en pinligt detaljeret gennemgang af alt hvad der var foregået. Og hun havde andre planer.

„Justine," sagde Molly, „jeg tror at svaret på madam Piriths forsvinden er i McAtalls laboratorium".
„Det tror jeg gerne," svarede Justine, „men Sikkerhed er nok fuldstændigt på 24 timers overvågning efter den forsvinden".

„Det er nok rigtigt, men jeg kunne nu alligevel godt tænke mig at se mig omkring der - ved du hvor det ligger?".
„Ja, jeg checkede efter det der med aben, og det er faktisk ret tæt på din onkels laboratorium, kun en gang længere nede".
„Nr. 57," tilføjede hun.

„Hvad med en nøgle? - der er jo Harvard nøgler overalt ved laboratorierne". SteamWorks bygningens lejligheder var beskyttet af almindelige nøgler, men laboratorierne var ekstra godt sikrede.

Justine smilede, „Du ved udemærket at jeg har en kopi af min fars masternøgle". „Gør jeg?," sagde Molly uskyldigt.

„Og ja, du må godt låne den, men hvis du bliver snuppet, så er det ikke mig, du har den fra".

Molly lovede at passe på, og var kort tid derefter i besiddelse af en masternøgle til SteamWorks bygningen - noget en H. F. Grauton industrispion ville have betalt mange penge for. Hun måtte også love at aflægge fuld rapport når nu Justine ikke selv havde tid til at komme med („Vi skal besøge Tante Gerta i Roverhampton," sukkede hun), og når Molly nu ikke kunne vente til søndag.

„Hey, og hvordan gik med Prince Charming?" spurgte Justine og stoppede. Hun så på uret. „Øv, jeg må løbe nu, det vil jeg OGSÅ høre alt om i morgen". Hun vendte sig og løb ned ad gangen.

Elevatorens damplyd signalerede Mollys ankomst til 14. etage hvor både Freedos og McAtalls laboratorier lå. Molly havde aldrig besøgt sin onkels laboratorium, men han havde fortalt at der var en trappe til den underliggende etage som elevatoren ikke stoppede ved (Horatio Creed havde været lettere overtroisk, men havde dog ikke som i nogle byggerier sprunget 13. etage over, bare ladet elevatoren køre forbi).

Gangen hun trådte ud i, lignede alle de andre gange som man kom ud i fra elevatoren. Pile på væggen indikerede i hvilken retning de forskelligt nummererede laboratorier var. Der var ikke et øje at se. Hun gik ned ad gangen til højre hvor laboratorier fra 0-200 skulle være.

Molly drejede om hjørnet, ind i den sjette sidegang. Hurtigt bakkede hun ud i hovedgangen. En vagt sad foran nr. 57, men han opdagede hende heldigvis ikke. Hun spekulerede på om McAtalls laboratorium også havde en trappe og måske en indgang på 13. etage. Hun gik hen til trapperne og gik en etage ned. Der hvor man normalt kom ud af elevatoren, var der bare en bar væg.

Da hun nåede til den sjette sidegang, kikkede hun denne gang omkring hjørnet først. Gangen var tom. Hun gik hen til døren med nr. 57. Der hang et stykke papir på døren:

Ingen Adgang

Theodor Montresor
SteamWorks Sikkerhed

Hun var det rigtige sted! Et svedent grin bredte sig over hendes ansigt. *De inkompetente fjolser i Sikkerhed. Kun vagt ved den øverste dør. Og Erwin kunne komme op på taget. Erwin....* Hendes tanker flød bort. *Nej!*. Hun rystede på hovedet. Tilbage til opgaven.

Med svedige hænder fiskede hun Justines nøgle op, og satte den i nøglehullet. Den lavede en skurrende lyd.
Hun prøvede at dreje den, men den sad fast. Molly tog nøglen ud og satte den ind igen. Den var stadig urokkelig.

Molly blev mere og mere frustreret som hun stod der og hev og sled i nøglen. Så frustreret at hun ikke opdagede at en mand stillede sig bag hende. Hun sprang i vejret da han rømmede sig.

„Jeg troede at min seddel var rimeligt klar," sagde han og fortalte således samtidigt at han måtte være Theodor Montresor.
Hans bistre mine blev afløst af lettere forvirring da Molly vendte sig.
„Øh, er du ikke Molly Gabe?" spurgte han. Molly nikkede bare, hun kunne ikke få et ord frem.

„Jeg må vist hellere følge dig hjem til din onkel, og få en snak med ham". Molly bandede indvendigt, men der var ikke noget at gøre. Hun fulgte med Theodor tilbage til sin onkels lejlighed.

Freedo åbnede døren med en avis i hånden, „Øh, Theodor hvad er der sket?".

„Jeg fandt Molly oppe på 13'ene ved Igors nedre dør," sagde Theodor. Molly så brødebetynget ud.

„Gå ind på dit værelse, vi snakker om det her senere". Molly gik ind på værelset, mens Freedo stod og snakkede mere med Theodor.

Hun smed sig på sengen, både skamfuld og vred på samme tid. *Uretfærdigt*, tænkte hun. *Jeg ville jo bare finde ud af hvad der var sket med madam Pirith. Hvorfor skulle han også komme lige der; jeg kunne jo ikke komme ind alligevel?*

Da hun havde ligget der et stykke tid og haft rigtig ondt af sig selv, begyndte hun at undre sig over at onkel Freedo ikke var kommet ind for at skælde ud. Hun listede hen til døren og åbnede den på klem.

„....du hørt om Tetsuo Flyes planer? Det går da helt galt derovre i Den Euroasiske Union?" hørte hun sin onkel sige. Theodor sagde noget til svar som hun ikke kunne høre, men hendes onkel lo.

Hun lukkede døren igen, og faldt næsten over sin taske da hun vendte sig mod sin seng igen. En bog faldt ud af tasken.

Molly rynkede brynene. Hun havde fuldstændig glemt den underlige oplevelse på biblioteket. Hun samlede bogen op og læste guldbogstaverne på ryggen: *Trappernes hus* af *William Sleator*. Den føltes nærmest urolig i hendes hænder som om den kom fra en anden verden.

Hun satte sig på sengen og begyndte at læse.

2 timer senere kom hun lettere fortumlet ud af en fortælling om trapper og børn der dansede for mad, om ondskab og om passiv modstand. Hun tog en dyb indånding. Personerne stod næsten

lyslevende i lokalet sammen med hende. De fadede langsomt væk. *Wow for en bog*, tænkte hun.

Hun så igen på bogen i sin hånd. Den var ligesom ændret på en eller anden måde. Al magien var forsvundet fra de gyldne bogstaver. Den føltes bare som en helt almindelig bog. Det var som om at den havde afleveret sin magi i form af Mollys læseoplevelse.

Jeg må simpelthen høre frk. Djur om hun har andre bøger af den forfatter, tænkte hun.

Pludselig gik det op for hende at onkel Freedo ikke var kommet ind for at skælde hende ud endnu. Hun listede hen og åbnede døren på klem. Gangen var helt stille. *Han glemte det nok efter al den snak med Theodor. Jeg har ikke lyst til at minde ham om det.*

Hun lukkede forsigtigt døren igen. *Jeg har vel nogle lektier jeg kan lave*, sukkede hun stille og satte sig ved sit skrivebord, og tog skolebøgerne ud fra sin taske.

Dørhammeren kunne høres helt ind på Mollys værelse. Hun hørte Freedo, komme ud fra enten stuen eller sit kontor og åbne døren. Lave stemmer hørtes igennem værelsesdøren. Flere skridt på gangen hørtes, og onkel Freedo åbnede døren til Mollys værelse.

„Molly der er besøg," sagde han og så lettere forundret ud. Molly rejste sig og fulgte ham ud til fordøren. Hun blev overrasket over at se Erwin. Onkel Freedo lavede øjne til hende og gik ind på sit kontor.

„Erwin hvad laver du dog her?". Hun følte sig både fjollet og opstemt af at han var her.

„Jeg var nødt til at tale med dig. Der kom et telegram hjemmefra, om at min far er syg".
Han så helt ulykkelig ud.

„Er det noget alvorligt?".
„Jeg ved det ikke, men jeg rejser hjem til Dunerhof med det samme. Jeg var bare nødt til at se dig først".

Molly kæmpede med modstridende følelser. „Du kommer vel tilbage?". *Til mig*, havde hun næsten sagt.
„Det håber jeg, men hvornår? Det er ikke til at vide".

De stod begge tavse og så på hinanden.

„Jeg ville bare sige…at…", sagde Erwin langsomt, „at jeg kan rigtig godt lide dig, Molly Wiebd Gabe". Hun kom til at smile da han sagde hendes fulde navn. Det var bare så… så Erwin!

„Jeg kan også rigtig godt lide dig, Erwin von Rechts".
Denne gang var det ham der kyssede hende på kinden og sagde: „Farvel".

Han gik langsomt baglæns. „God bedring til din far," sagde Molly.

„Tak," sagde Erwin og fadede langsomt bort. En knugende tristhed sneg sig ind på Molly da det gik op for hende at hun ikke vidste hvornår eller om hun overhovedet ville se ham igen.

KAPITEL 8

Marie's grav

Freedo åbnede døren til kirkegården. „Jeg havde jo lovet dig at vi skulle besøge din mors grav," havde han sagt, „og vi kan ikke lade det med Lea ændre alt, selvom du måske ikke havde fortjent det". Molly havde strengt taget ikke længere haft lyst til turen, men nu var de der. Freedo gik forrest med en buket, de havde købt på markedet på vejen.

Hun fulgte efter sin onkel ad grusstien der snoede sig imellem de velholdte grave. Molly så på de kunstfærdige gravsten. Gargoyler, fugle og engle var sat oven på flotte udskårne sten af mærkelige stenarter og endda små mausoleer var rejst som parthenoner med søjler og pedimenter med mytiske dyr. *Når folk dør, gør man utroligt meget ud af deres gravsteder*, tænkte Molly, *hvorfor ikke gøre mere ud af dem mens de lever?* Selv bogstaverne som navnene, fødsels- og dødsdatoerne var skrevet med, var næsten små kunstværker.

Gruset knasede under hendes fødder, og hendes tanker gik til Erwin i Germania. *Hvorfor skal verden altid finde på noget der kan ødelægge enhver lille smule lykke jeg finder?*, tænkte hun. *Min mor, min far, madam Pirith og nu Erwin.* En grim tanke meldte sig. *Måske er det mig? Måske forlader de alle mig? Min far efterlod mig her hos min onkel, på grund af min zoofobi. Fordi jeg ikke er rask i hovedet. Måske var det mig der jagede madam Pirith væk. Måske mor…* Det var en tanke, hun ikke havde lyst til at tænke til ende.

„Forlader du mig også, onkel?" spurgte hun pludseligt. „Hvad?" sagde Freedo forvirret, og vendte sig om. Han var stoppet et par skridt foran hende. Hans øjne fandt hendes, og han så på hende med en ømhed, hun troede kun fandtes i sin far. „Lea har ikke forladt dig, og jeg forlader dig ikke!" sagde han med overbevisning i stemmen. „Vi ved måske ikke hvad der er sket med hende, men hun har helt sikkert ikke forladt dig". Han kunne selvfølgelig ikke vide hvad Molly havde tænkt på.

Hun snøftede. Freedo så undersøgende på hende. „Skal vi bare tage hjem og besøge den en anden dag?". Molly tørrede sine øjne, og pudsede næsen i ærmet. „Nej, nu er vi her, så lad os få det overstået," sagde hun.

De fortsatte ned ad stien. Kirkegården var nærmest opbygget som en labyrint uden mure hvor stien mødtes og skiltes i et virvar. Freedo virkede som om, han havde været her hundrede gange før; han valgte sin vej gennem stierne med en sådan selvfølgelighed i hvertf ald. Molly traskede efter. Hun så stadig på enkelte gravsten på vejen, men hun følte sig for træt, til selv bare at læse navnene der stod på dem.

„Så er vi her!". Freedo stod ved et lille velholdt gravsted med små hække omkring. Der var ikke helt visne blomster ved graven og stenen var ren og pæn. Molly trådte over hækken og ind på de små trædesten der ledte de få meter gennem kirkegårdsgruset over til selve gravstenen. En stendue betragtede hende kritisk fra den øverste kant af gravstenen. Molly læste:

Marie Wieb Gabe
21.07.1904
12.03.1932

Savnet og Elsket

Molly spærrede øjnene op. Ved siden af „Savnet og Elsket" inskriptionen var der et bogsymbol identisk med det på Horatio Creeds grav. Det var som om symbolet blinkede til hende i solen.

Hun pegede på symbolet. „Onkel, hvad betyder det her symbol?".

Freedo så hen på gravstenen. „Jeg ved det desværre ikke, det er en ret underlig historie med det symbol". Molly så interesseret på ham som for at opfordre ham til at fortsætte.

„Symbolet var ikke på gravstenen da Marie blev begravet". „Da jeg besøgte graven et par uger efter, var det pludselig dukket op, og Kyo benægter, øh, benægtede at han havde noget med det at gøre".

„Der er et tilsvarende på Horatio Creeds grav," sagde Molly der trådte ud fra graven igen.

„Jeg ved det godt, men jeg ved heller ikke hvad det betyder. Jeg har faktisk prøvet at finde ud af det," sagde han.
„Havde mor noget med Creed familien at gøre?" ville Molly vide.
„Ikke så vidt jeg ved - hvorfor tror du det?" spurgte Freedo undrende. „Symbolet er sikkert på mange andre gravstene".

„Alan fandt et billede af Ulysses Creed hvor han bar symbolet på sine manchetknapper".
„Gjorde han det nu?" sagde hendes onkel tænksomt, „Måske ved den gode Hr. Creed mere om dette symbol, end han lader til".

Denne gang var det Molly der undrede sig. „Har du snakket med Ulysses Creed om min mor?". „Ikke om din mor specielt, jeg nævnte symbolet for ham engang efter et møde med henvisning til Horatios grav, men han slog det hen".

„Har du også spurgt ham om bogtrappen?" sagde Molly, „Den på Horatios grav". „Trappen?, Nåeh, den man skal op på stenen for at se? Jeg har altid troet at det var en sidste vits fra Horatio".

„En vits?". Molly var næsten skuffet. „Horatio havde en veludviklet sans for humor, og han designede selv hele baghaven, gravsted inkluderet". Freedo tog blomsterne ud af vasen og satte den nye buket i stedet.

„Hvad skulle den vits gå ud på?". „Tjaeh, det var vel noget med at bøger kan bringe dig flere trin op i verden," sagde Freedo, „Creed'erne har altid haft et eller andet med bøger".

Han tog Molly i hånden og de stod kort og så på gravstedet. Molly tænkte igen på sin mor, på sin far, på madam Pirith og på Erwin og følte tårerne presse sig på. Så trak Freedo hende blidt ned af stien, men da han så sig over skulderen tilbage mod graven, så Molly at også hans øjne var fugtige.

Da Molly mødte Justine senere den dag, for at aflægge den lovede rapport, var hun stadig ikke i godt humør. Justine kunne sagtens mærke at der var noget galt.

„Hvad er der sket?" spurgte hun.
„Erwin er taget tilbage til Germania".
„Nedtur," konkluderede Justine.

Efter en stund sagde hun: „Hvordan gik det med nøglen?".
„Den virkede ikke, så mange tak for det. Jeg blev fanget af Theodor Montresor og afleveret til min onkel".

„Jeg forstår ikke, hvorfor den ikke virkede? Fik du stuearrest eller sådant?".
„Næh, onkel glemte det hele, og da Erwin havde været der, kunne han godt se at jeg var i dårligt humør".

Justine så næsten lige så modløs ud som Molly. „Så i det hele taget har det været en lorteweekend - det eneste der holdt mig oppe

Tante Gerda, var at du måske havde oplevet noget spændende".

„Well, fredag var rimeligt god," sagde Molly. „Hov, nu skal du høre - der var et bogsymbol på min mors grav, ligesom det på Horatio Creeds og på Ulysses manchetknapper".

„Hvad hulen kan det betyde? Havde din mor noget med Creeds at gøre?". „Det spurgte jeg også onkel Freedo om, men han mente ikke at der var en sammenhæng. Og bogtrappen på Creeds grav mener han er en vits".

„Noget af en dødsyg vits hvis du spørger mig," sagde Justine. Molly lo. „Måske kan Alan hitte hoved og hale i det her".

„Held og lykke med det, han er fuldstændig opslugt af den konkurrence, så den skal nok lige være færdig, før vi kommer videre med det mysterium". De gik videre ned ad gangen.

Omkring det næste hjørne kunne de høre ophidsede stemmer. „Det lyder som Isaacs posse," sagde Justine. Molly smugkiggede omkring hjørnet. Ganske rigtigt, uden for biblioteket stod Isaac, Daniel og Elena og snakkede. Elena havde en gammel bog i hånden som hun viftede med.

„Jeg siger dig," sagde hun, „Der er ikke nogen der kender eller husker den her i dag". Isaac så tvivlende ud. „Bare skriv den om i noget moderne sprog, så har du en vinder". „Tror du?" sagde han tvivlende. Daniel stod bare med hænderne i lommen som sædvanlig. I deres gruppe var det klart at Elena var den med hjernen, Isaac med udseendet og Daniel med.... Ja, Daniel var bare med.

„Jeg fik ideen," sagde Elena, „da min papegøje gentog noget jeg sagde, men på en lidt anden måde. Så var det at jeg tænkte at man kunne tage noget eksisterende og præsentere det på en anden måde". „Har du en papegøje?" sagde Daniel. „Ja, jeg fik den af min onkel Exxon," sagde Elena med et underligt udtryk i ansigtet. „Hm, o.k., så jeg prøver at se på det," sagde Isaac. Han så sig omkring og Molly trak hovedet til sig. „Men hvis der er nogen der finder ud af noget, så er du toast". Molly og Justine trak sig langsomt tilbage.

„Hvad tror du det var om?" spurgte Molly. „Konkurrencen selvfølgelig, du tror vel ikke at Isaac kan finde på noget selv?". „Jeg fatter stadig ikke hvad Elena vil med de 2 drenge," sagde Molly. „Hun håber at noget af Isaacs fe-støv sætter sig på hende," sagde Justine til sidst.

KAPITEL 9

Konkurrencen

Det er svært at være deprimeret hele tiden, og efter nogle uger var Mollys humør måske ikke ligefrem på toppen, men hun var heller ikke helt nede i kulkælderen længere. Man kunne måske også sige at hun havde rigelig øvelse i at komme ovenpå igen, men de uger havde også været hårde ved hende. Hun havde ikke engang gidet læse bøger. Frk. Djur var nok bekymret da Molly ikke havde besøgt biblioteket i hele perioden. Men alting har en ende, og nu havde hun det lidt bedre.

Derfor smilede hun tilbage da Alan en morgen kom storsmilende over til hende.

„Jeg er færdig med mit projekt!".
„Det lyder godt. Hvad går det ud på?"

„Det er en maskine til at lægge tal sammen". Han strålede som en sol. „Sig tak til din onkel fra mig," sagde han.

„Hvad har han gjort?".
„Tjaeh hvis det ikke var for ham så var det ikke blevet til noget". Alan smilede hemmelighedsfuldt.

„Hvis det ikke er Kajak logikkens mester". De vendte sig og Justine hilste på dem begge.

„Han er færdig med projektet," fortalte Molly.
„Nå for den da," sagde Justine med falsk imponerethed.

„Så kan du måske løse et mysterium for os," sagde Molly.
Alan så interesseret på hende. „Et mysterium?". „Kan du huske bogsymbolet fra Horatios gravsten?" sagde Justine."Hm, var det noget med en kat? Selvfølgelig kan jeg huske det".

„Der er også et på Mollys mors gravsten". Han spærrede øjnene op.
„Hvad har din mor med Creeds at gøre?" spurgte han. „Det var det mysterium, vi ville høre din mening om". „Øeh, det ved jeg sørme ikke, det var lidt af en overraskelse".

Molly tænkte på hvad Freedo havde sagt."Min onkel mente at Ulysses måske ved noget om det". Justine rullede med øjnene. „Du vil måske gå op og spørge ham om det?" sagde hun,"jeg er sikker på at Hr. Montresor gerne vil vise dig ind til Ulysses". Alan så undrende på hende og derefter på Molly. „Spørg ikke," sagde hun.

Ulysses Creeds kontor, øverst i SteamWorks bygningen, var ikke så let at komme til. Det lå i den modsatte ende af elevatoren, og man skulle krydse flere døre, beskyttet af Sikkerhed. Han havde også en lejlighed i forbindelse med sit kontor, og der var ingen der vidste hvornår han kom og gik (selvom Justines far ikke mente at han var der ligeså tit som han burde).

Molly regnede ikke med at når hun ikke engang kunne komme ind i McAtalls laboratorium fra en ubeskyttet dør at hun så kunne komme forbi Sikkerhed på 50' etage - lige der var der nok bedre beskyttet end taget.

„Måske kan jeg komme til at tale med ham på en anden måde?".
„Ja hvis du møder ham på gangen," sagde Justine spydigt. Alan så

tænksom ud. „Måske kommer han til kåringen af vinderne af konkurrencen".

Molly lyste op. „Der er der da måske i det mindste en chance". Justine så tvivlende ud, men valgte for én gangs skyld ikke at komme med en kommentar.

Da Molly kom tilbage til lejligheden den aften, sad Freedo allerede i stuen med sin avis og sin obligatoriske te.

„Hej," hilste Molly.
„Hrmmm," sagde Freedo opslugt af avisen. På bagsiden kunne hun se en reklame: Ovriltane - får hurtigt en mand på benene".

Når han sad med en avis, var det ret underholdende at se på. Han kunne fraværende stoppe en pibe og tænde den, alt imens han kom med små anerkendende eller forargede lyde, ledsaget af nikken eller hovedrysten. Molly sad ofte med sin egen te og bare så på ham. Det var imponerende at se ham balancere avis, pibe og te, fuldt opslugt af en artikel om ostetyper fra Dania, eller indenrigspolitik i Nihon.

„Står der noget spændende?" spurgte Molly for at starte en samtale, selvom hun ikke var det fjerneste interesseret i hvad Tetsuo Flye eller andre verdens ledere havde gang i.

Freedo så op. „Øeh, ja. Der sker noget underligt i Germania. Kongen har bedt Germanishers Volksparteis leder om at danne regering. De vandt gok nok en jordskredssejr, men de er ikke det største parti". Han så helt forvirret ud som om han ikke selv troede på det han sagde. „Jeg mener, det ‚parti' som leder af et af de store lande i Europa?!?".

Molly prøvede at virke interesseret. „Hvad er problemet med det?".
„Deres politik er…", han tøvede, „…ikke stueren. De er meget imod fremmede og anderledes mennesker. Deres leder, Meinhard

Grauton, kommer med meget radikale udsagn. Han er forøvrigt H.Fs barnebarn". Han så tænksom ud. „Måske har det noget med den mystiske ‚Koryphäin' som er blevet en slags konsulent for dem under valget. Jeg kan ikke helt gennemskue om det er et efternavn eller en kvinde".

Molly sukkede og gav op - det interesserede hende altså ikke. „Spændende, men onkel hvad er det egentlig du har hjulpet Alan med?".

Nu så han for alvor forvirret ud. „Alan? Nå, jeg lånte ham bare nogle af de minifikerede TealGates. Det var noget med et projekt til den konkurrence. Jeg har en af dem lige her". Han rakte ud efter sin pung der lå på bordet, og fiskede en lille genstand ud.

Freedo viste stolt sin TealGate frem. Molly så på den. Den var på størrelse med en lillefingernegl, og der var små rør ind til den som sikkert skulle transportere tryk til og fra selve Gaten. Selvom Molly ikke var specielt interesseret i den slags, var hun alligevel spændt på Alans præsentation senere på dagen.

„Vi følges ad til auditoriet, ikke? Jeg skal da se hvad han har lavet med dem," sagde Freedo da Molly så overrasket ud over hans udmelding. Molly nikkede. Han lagde TealGaten tilbage i pungen, og lagde pungen og nøglen tilbage på bordet. Han vendte tilbage til sin avis, og Molly vendte tilbage til sin te og iagttagelse af ham.

Da de sad i auditoriet der summede af forventning, spekulerede Molly om hun burde have spurgt Alan om hvad hans projekt egentlig gik ud på. Det eneste hun vidste var *at det var noget med maskine der lagde tal sammen ved hjælp af Kayan logik.*

Auditoriet var blevet indrettet med en decideret scene hvor tavlen og podiet normalt var. Foran scenen stod et skrivebord hvor de 3 lærere Pawel Keaonen, Pedro Lore og Harry Seldom sad. På bordet foran hver af dem var 3 store røde knapper, med slanger forbundet til dem. Keaonen sad uroligt på stolen og Pedro Lore så sig uroligt omkring. Kun Harry Seldom sad roligt og afventede konkurrencens start. Deres andre lærere sad på første række. Fru Gramme sad og snakkede med deres litteraturlærer Siri Austerre. Folk kom kom stadig ind i auditoriet, gik op og ned af trapperne og fik andre til at rejse sig for at få adgang til de få ledige pladser.

Da klokken blev 16 præcist, blev de 2 døre lukket og Monty Way gik op på scenen. Den høje summen i lokalet dæmpedes til en sagte hvisken. Han så sig omkring i auditoriet som om at det var ham selv der havde vundet en konkurrence, og skulle til at takke dommerne for sejren.

„Kære publikum, kære deltagere, kære dommere. Jeg byder jer alle velkommen til SteamWorks' konkurrence i naturvidenskab for unge. Ulysses kunne desværre ikke være her, så I må tage til takke med mig". Han smilede overdrevent. Molly kunne se at Justine sad nede på første række og krummede tæer.

„Konkurrencen foregår således: alle deltagere får 3 minutter til at præsentere deres projekt, medmindre alle 3 dommere keder sig så meget at de stemmer dem ud. Det vil fremgå af målerne oven over scenen". Hele salen så op på målerne. „Prøv dem," sagde han til dommerne.

Alle 3 trykkede efter tur og hver gang lød et forkølet horn, dog var det tredje horn et øv-horn. Salen genlød af spredt latter.
„Og nu uden yderligere forsinkelse går vi igang. Første deltager er Julian West...". En dreng der gik en klasse over Molly, trådte ind på scenen med noget der lignede en pistol. Han trådte hen midt på scenen.

„Hej jeg hedder Julian West". Det første horn lød allerede. Keaonen havde allerede trykket. Drengen blev nervøs efter dette. „Og... øh... jeg har opfundet...". Næste horn lød, denne gang Pedro Lore - Harry Seldom sad tilbagelænet på stolen. Det så ud som om han faktisk gerne ville høre hvad det var Julian havde opfundet.

Julian så bange på Harry, og holdt sin pistol op. „Den fantastiske boblepistol". Han trykkede, og en stor flot sæbeboble forlod pistolens munding. Harry sukkede, trykkede og øv-hornet sendte Julian ned fra scenen. Freedo hviskede, „Så kan vi hurtigt blive færdige".

Efter det var stilen ligesom lagt, eleverne fik ikke mange chancer for at forklare sig, og der var ikke mange der fik mere end et halvt minut, inden de var truttet ud af konkurrencen. Keaonen var specielt kritisk, og der gik aldrig et minut, inden han havde trykket på knappen.

Alan stod nede i køen, og så bleg ud. Molly kunne ikke se hans projekt for rækken af elever. Endelig blev det Alans tur. Han rullede et bord frem foran dommerne.

På bordet var en fuglerede af hydrauliske slanger og små visere. Keaonens skuldre var allerede sunket, og man kunne næsten mærke hans finger nærme sig knappen. Alan rømmede sig.

„Denne her kan…øh, med hydraulik kan man, eh,…, mm, det er en hydralisk regnemaskine," fik han fremstammet til sidst. Dommerne rettede sig op i stolene, og lænede sig interesseret frem. Molly så på Freedo der bare smilede.

„På de visere her foran kan man se resultatet, i 2tals systemet". Alan så ud som om han glemte publikum, og begyndte at forklare sin tingest. Molly forstod ikke særligt meget af det, kun at Freedos TealGate blev brugt til at lægge tal sammen. Hun kunne ikke forstå, hvorfor dommerne så mere og mere ophidsede ud. Så interessant var det da heller ikke?

Alan drejede på nogle ventiler og sagde afsluttende „…og som man kan se bliver 2 plus 3 til signal på 4 viseren og 1 viseren, altså 5". Han trådte et skridt tilbage.

En del af de voksne rejste sig og klappede, også Freedo. Resten af salen der mest bestod andre elever, mødre og søskende sad undrende tilbage. Alan smilede og gik ned fra scenen. Han udvekslede håndtryk med Ichi der stod længere nede i køen. Da han passerede Isaac der stod sidst gik han en anelse langsommere, og de udvekslede blikke. Molly kunne ikke se om de smilede eller skar ansigter.

Resten af præsentationerne, fik ikke ligeså flotte reaktioner fra lærerne. Ichi viste en slags matrice bestående af 16 flammer, med 4 på den ene led og 4 på den anden, med farvet gas som han kunne få til at ligne forskellige ting. Molly synes faktisk det så spændende ud, men Keaonens horn lød selvfølgelig efter et minuts tid.

Til sidst var det Isaacs tur. „Så slipper vi vel for Pawels horn i det mindste," hviskede Molly til Freedo der lo. Isaac trak en tavle frem, og udvalgte sig omhyggeligt et helt nyt stykke kridt.

„SKRRRRIEIITHZ...". Alle i salen hoppede i sæderne da kridtet smuttede for Isaac hen over overfladen. „...unskyld...", mumlede han og skrev med store uens bogstaver „SFT".

„SFT - Stor forenet teori". Isaac vendte sig mod salen. „Den hellige gral for videnskaben. Den store teori der forener alt". Efter en kunstpause vendte han sig igen mod tavlen, og skrev en ligning. „Forestil jer at verden er opbygget af små stykker tyggegummi der trækker sig sammen og strækker sig," begyndte han og Molly begyndte allerede at kede sig. Det var ikke fremmede, han havde sit manglende talent for præsentation fra.

Efter en længere omgang væven og udbredelse af vidtløftige teorier, afsluttede han med at skrive en ligning på tavlen hvorefter han skrev „QED" og vendte sig mod salen som for at modtage sin applaus. Hans far rejste sig som den eneste og klappede, men holdt hurtigt op, fordi det virkede lidt akavet.

Monty Way kom tilbage på scenen. „Tak til Isaac, og resten af vores deltagere. Det har været en spændende dag, og nu vil dommerne gå i gang med at votere. Alle projekternes beskrivelser er til rådighed, og resultatet vil blive præsenteret i løbet af næste uge".

Hans øjne lyste. „Vinderne får besked direkte, så de kan komme i gang med at pakke til turen til Germania hvor hovedkonkurrencen bliver afholdt. SteamWorks tager sig naturligvis af transport og indlogering for vinderen og sin medrejsende".

Han slog hænderne sammen. „Tak for i dag".

Molly sagde til Freedo at hun ville finde Justine. „Det er fint, jeg skal lige snakke med Alan om hans projekt," svarede han. Han gik ned mod auditoriets scene. Molly stod og ventede på Justine der kom den anden vej.

„Sikken en flok klaphatte," sagde hun da hun nåede Molly. „Du kunne jo bare selv have deltaget med dit brilliante projekt - nå nej, du havde jo ikke et". „Meget morsomt, men seriøst hvem tror du der vinder?". Molly tænkte sig lidt om. „Ichis projekt så da lidt spændende ud?" sagde hun. „Ichi," fnøs Justine, „Ha, så kan ham med boblepistolen ligeså godt vinde". De slentrede småfnisende ud af auditoriet.

KAPITEL 10

Brevet

Den næste morgen da Molly kom ud, sad Freedo allerede ved køkkenbordet. Han havde lige hentet dagens post, og ud over avisen havde han et brev i hånden.

„Se Molly, brev fra Gerhard i Germania". „Er det ham med legetøjsforretningen?" spurgte hun.

„Ja," svarede han, „Hør her:

Sehr Geerther Herr Gabe,

Jeg er ked af at måtte fortælle dem at „Gerhards Spielzeugladen" lukker i Germania, og flytter til Alpenland. Stemningen i Germania er desværre ikke sehrlich gunstig for mit volk. Den anden dag blev min rude smadret af nogen Gevoer, og de seneste nyheder går på at alle Soyer skal bære et symbol til alle tider offentligt. Jeg er bekymret for min familie, specielt min lille pige. Efter at Gevoerne har taget magten, går volkestemningen kun mod det værre. Jeg flytter således min forretning til Alpenland hvor min bror bor og er praktiserende advokat. Når min forretning er genetableret ,vil jeg udsende et nyt katalog.

Mht. Deres ordre er den desværre blevet opholdt hos toldmyndighederne pga. nogle nye regler, men de forsikrer mig (på en uforskammet måde) at De nok skal modtage deres pakke inden alt for længe.

Ihren

Gerhard Larsson"

Freedo rynkede panden. „Jeg havde godt nok hørt at der var grøde i Germania, men at Gerhard ligefrem er nødt til at flytte?".

„Hvor kender du ham fra, onkel?" spurgte Molly. „Ah, kender og kender er så meget sagt, jeg rejste en del i Germania da jeg var yngre, og købte selvfølgelig en del hos Gerhard - og så har vi da drukket et par Weißbier sammen". Et vemodigt smil krummede hans læber. „Jeg gad nok vide, om jeg nogensinde ser ham igen".

Harry Seldoms historietimer var altid interessante, hvertfald for Molly. I dag var ingen udtagelse. På tavlen tegnede han en række cirkler inde i hinanden, hvorefter han delte dem op med streger.

„I dag skal vi høre om Yuccaerne som var en meget avanceret civilisation," begyndte han. „De havde kalendere der var baseret på solen, månen og stjernerne - de havde noget der lignede bøger og så de havde nogle spændende myter i deres religion".

Han vendte sig mod dem og pegede mod cirklen på tavlen. „Dette er en tegning af deres kalendersystem hvor den yderste ring repræsenterer solen, den næste ring månen, den tredje ring jorden, og cirklen i centrum stjernerne"

„Deres kalender dækkede flere århundreder, men sjovt nok nærmer vi os udløbet af deres kalender, dvs. et punkt hvor kalenderen ikke kan vise datoen længere". Han slog dramatisk ud med armene. „Der er flere der har forudsagt dommedag på basis af den kalenders udløb". „Som om at Yuccaerne eller nogen andre ville kunne forudsige fremtiden," sagde han og fortsatte „Man kan ikke forudsige fremtiden matematisk, eller ved hjælp af pseudo eller psykohistorie, uanset hvor avanceret ens civilisation er".

Han rodede i en bunke på katederet og fandt nogle billeder frem som han rakte til Ichi der sad tættest ved tavlen. „Send dem videre rundt," sagde Harry. „Yuccaernes rige lå hvor landet Yucata ligger i dag". „Billederne der er på vej rundt, viser nogle kort over deres rige, og der er nogle billeder af nogle Yucca *bøger*".

„De havde et meget specielt forhold til disse *bøger*, de mente at de var gaver fra guderne". Han satte sig ved katederet. „Specielt én myte drejede sig om denne gave". Seldom begyndte at genfortælle myten.

Solguden Itzamna og månegudinden regerede over verden, og de oplyste hver sin del af døgnet. Itzamna havde skabt 4 bøger med magiske kræfter og ved hjælp af disse bøger havde han skabt himlen og jorden, menneskene og dyrene, vandet og planterne, ilden og vinden.

Månekaninen der boede i Xibalba - nedgangen til helvede, var misundelig på Itzamnas skaberværk, og overtalte månegudinden til at låne ham bøgerne. Månekaninen gemte bøgerne på jorden, så menneskene kunne eftergøre noget af gudens skaberværk. Menneskene lærte at skabe ild og andre ting ved hjælp af bøgerne.

Itzamna blev rasende og kastede månekaninen i ansigtet på månegudinden der siden da lyste med en langt mindre kraft end Itzamna selv.

Derfor er solen langt kraftigere end månen, og derfor stræber menneskene efter at gøre det samme som Gud.

Hele klassen var blevet totalt opslugt af fortællingen. Justine prikkede Molly i siden. „Bemærkede du at det var 4 bøger han havde brugt - hvad minder det dig om?". Molly så på hende. „Symbolet på graven!".

„Månekaninen gik igen i mange myter, og han havde mange forskellige navne," fortsatte Harry, oppe ved tavlen. „Blandt andet kaldes han *Den mørke læser* og Itzamna *Den oplyste læser* i andre versioner af myten. Det at de også hed læsere, kunne indikere at Yuccaerne havde et veludviklet bog begreb, faktisk så har nyere undersøgelser af Yucca bøgerne, fundet støtte til en teori om at bøger er en meget ældre opfindelse end i vores egen ‚civiliserede' historie". Han så på Molly. „En teori som da den kom frem, blev mistroet, men som det nu er noget der tyder på var korrekt". *Mor,* tænkte Molly.

„I lyset af denne historie hvor man må regne med at månekaninen selv var skabt af Itzamna, kan man så sige at det onde er Guds vilje? Og er månekaninen ond, fordi han bringer lyset, i form af ilden, til menneskene?" funderede Harry.

„Eksisterer ondskab i det hele taget?". Han stilede det retoriske spørgsmål til klassen. „Eksisterer mørke når mørke i virkeligheden er mangel på lys?". Han så på sine elever. „Det vil jeg gerne have at I overvejer til næste gang - om ondskab eksisterer, eller det bare er når det gode mangler?".

Klokken ringede som på kommando, og Molly havde sine egne spørgsmål. *Hvad med min mor og hendes teori? Hvad nu hvis godhed ikke eksisterer, og i virkeligheden kun er når ondskaben mangler?*

KAPITEL 11

Vindere

Molly var på sit værelse da hun hørte at det bankede på døren. Hun rejste sig fra sengen, og gik ud i gangen. Personen der stod ude på gangen var åbenbart meget utålmodig da der blev banket igen og igen. „Slap nu af", sagde Molly ud i luften, „Jeg er på vej, Mester Jakel".

Da hun åbnede døren, så hun at det var Alan der stod udenfor. Han hoppede nærmest.
„Jeg vandt, jeg vandt...jeg vandt". Han kunne næsten ikke få vejret.

„Tillykke, tillykke og slap nu lige lidt af og fortæl mig om det", sagde Molly og lod ham komme ind. De satte sig ved bordet ude i køkkenet.

„Ulysses Creed kom selv, og sagde det til mig. Du skulle have set min mor da hun åbnede døren for ham". Molly smilede over hans begejstring, og hun glædede sig på Alans vegne. Han blev pludselig stille og helt alvorlig.

„Øh, jeg tænkte om du ville tage med mig til Germania?" spurgte han stille. Molly var overrasket. Hun havde helt glemt at vinderne måtte tage en ven med. Hun skulle lige til at takke nej da Erwin sneg sig ind i hendes tanker. Erwin som var i Germania. Hun rystede på hovedet, Germania er et kæmpestort land og det er fuldstændig usandsynligt at hun ‚tilfældigt' skulle rende ind i ham.

„Vil du ikke nok?" sagde Alan da hun ikke svarede. I det samme kom onkel Freedo ind af døren og reddede Molly fra at svare lige med det samme. „Hvad er der los?" sagde han jovialt. „Alan vandt konkurrencen", fortalte Molly. „Selvfølgelig gjorde han det, selvfølgelig gjorde han det". Freedo smilede. „Han brugte jo mine TealGates, gjorde han ikke? Så skal du jo til Juvenheim, knægt".

„Ja, og jeg har lige spurgt Molly om hun ville tage med", sagde Alan forventningsfuldt, mens han igen så på Molly. „Du skulle tage med", sagde Freedo, „Det var jo der Kyo og Marie mødte hinanden". Han tøvede lidt. „Og det er sådant et vidunderligt område, man kan tage til Reinlich, en fantastisk middelalderby - der er Dunerhof med de gamle herregårde og slotte, og så er der…", han fortsatte i en længere beskrivelse af Juvenheim og omegn, men Molly hørte ikke efter. *Han sagde Dunerhof. Erwin.* Hun vendte sig mod Alan. „Jeg tager med", sagde hun bestemt. Alan smilede. „Det bliver en fed tur", sagde han.

Der var samlet en del i auditoriet, og lokalet summede. En del kendte allerede resultatet af konkurrencen, og kunne åbenbart ikke vente på at Ulysses bekendtgjorde vinderne. Molly, Freedo og Justine havde sat sig på 3. række, så Alan ville kunne se dem når Ulysses præsenterede ham.

Ulysses trådte op på scenen og hævede hænderne. Stilhed. „Mine damer og herrer, ansatte og børn af ansatte, lad mig uden yderligere omsvøb præsentere vores vindere der skal repræsentere SteamWorks på Juvenheim Universitet i Germania". Han undlod behændigt at nævne at det var H.F. Grauton der arrangerede den internationale konkurrence.

„Alan Dorton og Isaac Keaonen, lad os give dem en hånd", sagde han. Alan og Isaac kom op på scene og der var stående klapsalver fra publikum. Isaac nød det hele i fulde drag, men Alan så lidt forlegen ud. Ulysses gav dem begge hånden. Han hævede hænderne igen.

„Og de bliver ledsaget af vores 2 kompetente lærere Pedro Lore og Pawel Keaonen". Spredte klapsalver. De fleste troede allerede at Isaac havde vundet, bare så hans far kunne komme med til Germania. Pedro og Pawel kom ned på scenen. Ulysses så ud på publikum. „Derudover har vores vindere valgt at tage nogle kammerater med, lad os byde velkommen til Molly Gabe og Daniel Palmer". Der blev klappet med en anelse mere entusiasme. Molly krøb ned i sædet, men Justine og Freedo puffede til hende. „Kom nu af sted op på den scene", sagde Freedo gennem larmen. Molly rejste sig og bevægede sig ned mod scenen hvor Daniel allerede var kommet op og stod og løftede Isaacs hånd som i en boksekamp. Molly stødte ind i Elena Yale der vredt bevægede sig op af trappen. Hun bemærkede det smukke halssmykke, Elena bar i en fin tynd halskæde. Der var en firkantet rubin med 3 mindre elliptiske rubiner nedenunder, og de dinglede arrigt fra side til side. Molly så efter hende, mens hun kæmpede sig op til udgangen. Ulysses vinkede til Molly, og hun kom endelig op på scenen. Alan så stadig betænkelig ud, og hun gik hen til ham.

Ulysses slog ud med armen imod dem og en afsluttende klapsalve gik igang. Isaac og Daniel stod og jublede som om de allerede havde vundet i Germania, hvorimod Molly og Alan stod og så ud om de hellere ville være et andet sted hvad de muligvis også helst ville have været. Justine klappede vildt og piftede.

Da klapsalverne tog af, hævede Ulysses igen stemmen. „Tillykke til vores vindere, og SteamWorks ønsker dem, deres venner og lærere en god tur til Germania. Gør os stolte nu!". Auditoriet begyndte at summe af snak igen, og nogen gik hjem, andre gik op på scenen og sagde tillykke.

Justine og Freedo gik over til Alan og Molly. „Er der nogen der trænger til en varm kop kakao?" sagde Freedo og både Alan og Molly synes at det lød som en fantastisk ide. De gik alle tilbage til Freedos lejlighed og hyggede sig resten af dagen.

KAPITEL 12

Germania

Således var det anden gang at Molly var på taget af SteamWorks bygningen. Hun fortalte det dog ikke til nogen, heller ikke Alan som hun var sammen med da Monty Way brugte sin nøgle til elevatoren og trykkede på „50. Etage: Tag"-knappen. Denne gang ankom hun i elevatoren, og da dørene gik op, gispede både hun og Alan.

Taget så helt anderledes ud i dagslys, og udsigten var overvældende; man kunne se hele byen herfra. Regerings bygningerne lå lidt mod nord, og den berømte bro over floden der snoede sig igennem byen, lå mod øst. Det var dog ikke udsigten der fik dem til at gispe.

Lige ud for elevatorens dør, var en stor Zeppeliner fortøjret. Passagerkabinen hang en halv meter over bygningen, og en landgangsbro var hejst ned, så man kunne gå om bord. Zeppelineren var prydet af SteamWorks logoet og virkede endnu mere imponerende tæt på (Molly havde kun set luftskibe på lang afstand).

Under den gigantiske cigarformede krop, hang passagerkabinen. Der var mange vinduer ned langs siden, og man kunne se helt igennem kabinen i de forreste. De bageste var private kahytter og mødelokaler som SteamWorks ledere brugte, for at udnytte tiden på de lange rejser. Alan pegede på Steamworks logoet. „Se", hviskede han, „de 3 s'er i logoet danner en trappe". Ingen af dem havde bemærket det før nu. S'erne havde forskellig størrelse og stod i rækkefølge fra lille til stor. Med lidt god vilje kunne man se en trappe.

Monty Way smilede da han ledte Molly og Alan ud på taget. Isaac og Daniel stod allerede med deres bagage og ventede. Pawel Keaonens baggage bestod af en kæmpe kuffert der var på højde med Molly. Ved siden af den stod Pedro Lore med en lille rejsekuffert i hånden. Alan stirrede mærkeligt på Isaac der bevidst ignorerede dem. „Endelig", sagde Pawel utålmodigt da de nåede hen til dem.

Monty Way gav hånd til de 2 drenge, blinkede og sagde „Gør os stolte!" hvortil Isaac svarede: „Javel! Hr!". Henvendt til Pawel sagde han „Pas nu godt på vores unge vidundere i Germania. Med den seneste udvikling er det ikke helt uden betænkeligheder vi sender dem derover". Pawel nikkede beroligende. Så vendte han sig og råbte af 2 pursere der stod ved indgangen til luftskibet. „I to, kom herover og hent min bagage". Begge kikkede på Monty Way for bekræftelse, og da han nikkede, gik de i gang med at læsse al bagagen om bord.

Freedo kom ud fra trappeopgangen, og gik over til Molly, kyssede hende på kinden og hviskede „Hav en god tur, men pas nu på". „Det skal jeg nok, onkel", svarede Molly.

Så gik de alle om bord i luftskibet. Det duvede frem og tilbage i den svage vind, og Molly følte sig ikke helt rolig. Hun satte sig ved et vindue og vinkede til onkel Freedo og Monty Way der som de eneste stod tilbage på SteamWorks bygningens tag. Indgangen til luftskibet blev lukket, og Kaptajnens stemme hørtes ud af de hornformede kobbertragte der var monteret med jævne mellemrum i kabinen: „Dette er Kaptajn Klutch, jeg og mit crew byder jeg velkommen om bord på dette Zeppeliner ZX 81 luftskib til Germania".

Langsomt bevægede luftskibet sig væk og opad fra bygningen. Hendes mave rumlede af nervøsitet, imens Zeppelineren svævede majestætisk over landet med byernes huse der lignede dukkehuse. En purser prikkede hende på skulderen. „Vi har puttet frøkenens baggage i kahyt 5 hvis De skulle have lyst til at sove på turen". Han blinkede til hende og hviskede „Det kan være en stor hjælp hvis man er bange". „Tak", sagde Molly. Hun rejste sig og gik med usikre skridt ned mellem sæderne i kabinen og fandt kahyt 5.

Inde i kahytten var der en køjeseng og mod væggen til den anden side stod hendes kuffert. Ud over tøj havde hun pakket en hel stak bøger, velvilligt udvalgt af frk. Djur. Hun åbnede kufferten og udvalgte sig en bog, med en bøffel på forsiden.

Da hun åbnede bogen, flød linierne op til hendes øjne og hun fandt sig selv siddende på en hest. Tæt på hende og hesten, var der en stor flok bøfler. Hun greb sin riffel, og ansporede hesten…

Bogen var så fantastisk skrevet at hun faktisk oplevede handlingen som virkelig. Det var endnu mere intenst end den bog hun havde „fundet" på biblioteket. I de næste timer („timer", regnede hun med, for som hun sad der på hesten, havde hun ikke noget ur), red hun rundt og skød bøfler, et veritabelt blodbad. Det var umuligt at lægge bogen fra sig da hun ikke havde hænder der holdt den; de mærkede en kun riffel og hendes tanker var domineret af jagt.

Endelig fandt hun sig selv i køjen, i kahytten på zeppelineren der duvede langsom fra side til side. Det mindede hende lidt om at sidde på hesten. *Er jeg ved at blive skør?*, tænkte hun. Det havde været så virkeligt, og nu var det mest sandsynligt at hun, ud over sin zoofobi, var begyndt at lide af hallucinationer. Hun lagde bogen fra sig, og så sig omkring efter et ur. *Hvor lang tid er der egentlig gået?*

Der var ikke noget ur i kahytten, så hun gik ud i kabinen. Forrest i kabinen, lige over en dør, var der et stort ur. Hun gispede. Hun havde mistet 3 timer. Hun mærkede en hånd på sin skulder, og drejede hovedet.

Alan smilede. „Nå der er du". „Hvad mener du?" sagde Molly. Han så undrende på hende. „Jeg prøvede at finde dig i din kahyt, men du var der ikke". Molly gispede. Hun stammede „Øh, jeg..., øh, jeg har da været i min kahyt hele tiden".

„Underligt", sagde Alan, „Nå, jeg har måske set ind i en forkert en". Han lo. „Måske så jeg i professor Keaonens kahyt; så var jeg da heldig at den var tom". Molly smilede anstrengt.

„Kom med bagud til panoramavinduet, så vi kan se landingen". Alan ledte hende ned bagest i luftskibet hvor der var monteret vinduer, så hele bagenden blev en fantastisk udsigt. Molly gøs da de nærmede sig. Vinduet fortsatte ned i gulvet, og Molly fik en fornemmelse af at falde ukontrolleret, ned mod de små huse og veje og biler der langsomt kom nærmere som luftskibet roligt steg ned.

Alan var fuldstændigt opslugt af Zeppelinerens teknik. Det var tydeligt at han havde savnet Molly som tilhører, for nu stod hans mund ikke stille et øjeblik og han kommenterede alt, lige fra de nittede samlinger i vinduesrammerne, til de kompakte dampmaskiner der drev propellerne som gav luftskibet fremdrift. Molly hørte ikke et ord; hun stod bare og faldt i slowmotion mod jorden med tilbageholdt åndedræt.

Da luftskibet endeligt nåede jorden, tog hun et dybt åndedrag af ren og skær lettelse.

Der holdt en flot Leupold Maybach og ventede på dem. Alan var begejstret. „Den har en 8 ventils returløbs motor". Molly anede intet om selve motoren, men var alligevel lidt imponeret af bilen selv. Næsten alle overflader var belagt med krom, og der var bladlignende mønstre hen langs siden, og på skærmkasserne. De var belagt med noget der lignede guld, så hele bilen skinnede og så ud som om den var omspændt af flammer.

En hvidklædt chauffør åbnede døren for dem, og den var ligeså imponerende indvendig. Der var sæder til dem alle 6, og bagagerummet kunne sagtens rumme alt deres bagage med undtagelse af Keaonens mastodont af en rejsekuffert som til Pawels store fortrydelse ville blive eftersendt med en fragtmand.

Mens de andre sad og snakkede beundrende om det luksuriøse indtræk, havde Molly lagt kinden mod vinduet og betragtede det Germania der passerede forbi. *Det er her min mor var fra*, tænkte hun, *og Erwin er derude et eller andet sted.* Hun forstillede sig ham, siddende ved bordet på et gammelt landsted med sine upåklagelige manerer. Det fik hende til at smile for sig selv. Hun ville have givet hvad det skulle være for at sidde der ved siden af ham ved bordet. *Hvis dog bare ikke han havde været nødt til at tage hjem.* Hun så på Alan. Han ville nok være skuffet hvis han vidste hun sad her og tænkte på Erwin.

Der sås stadigvæk huse ødelagt af Den Sorte Krig, selvom det var over 20 år siden den sluttede. Molly kom til at spekulere på hvad krigen havde betydet for sin mor og far. De havde mødtes 5 år efter den sluttede og der havde vel været et vist forbehold mellem germanere og britonere. De var nok faldet pladask for hinanden? Erwin rørte igen på sig i hendes tanker. Pludselig lagde hun mærke til at nogle af de mennesker hun passerede havde et mærke med noget der lignede en bønne på, og andre havde uniformer på. Ingen af delene var noget man så hvis man kørte en tur i Britannia, men mode er vel forskellig fra land til land. Molly spekulerede om Erwin bar et bønnemærke eller en uniform lige nu?

Efter halvanden times tid nåede bilen sit bestemmelsessted, et flot hotel i en charmerende lille by der lå lige ved kysten. Hotellet havde sin egen gårdhave der også var parkeringsplads, og Mollys værelse lå ud til den med en flot udsigt over stranden. Et lille portner hus var forbundet til hotellet med en mur. På det husets skorsten sad en måge. Molly havde næsten fornemmelsen af at den så på hende. En plante snoede sig henover muren og dækkede den ene side af det lille hus. På stranden var der forsamlet en masse mennesker, hver havde sit eget store net der lignede et sommerfuglenet. De løb rundt imellem hinanden i spiraler, og på den her afstand så det ud som om de udførte en kompliceret dans. Udenfor sin værelsesdør kunne hun høre nogen komme op af trappen og kort efter bankede det på døren. „Kom ind", sagde hun. En ældre herre kom ind med hendes kuffert. „Deres bagage, Fräulein", sagde han. „Undskyld, men hvad er det der foregår nede på stranden?" spurgte hun. Han kom hen til hende og så ud af vinduet. „Ah, det er jo den jährliche måge festival. De konkurrerer om at fange ein sehr speciel måge". Han lo. „Ein lidt tåbelig tradition, nah?". Molly smilede tilbage. „Lad mig præsentere mig selv", sagde han, „Jeg er Isengard Hartwig Samuel Badsiedlung, bare kald mig Ishmael". „Jeg hedder Molly Wiebd Gabe", svarede hun. „Glæder mig at møde dem, Fräulin Wiebd", sagde han. „Øh, Hr. Ishmael?" spurgte hun. „Jah?". „Ved De hvordan man kan komme til Dunerhof herfra?". Han rystede på hovedet. „Ah der gik ein bus engang, men det er flere jahren siden. Men I kan måske køre i jeres automobil?" sagde han. „Næppe", sukkede Molly. „Ach…", sagde han og bakkede ud af værelset. „Wilkommen til Germania doch", sagde han og lukkede døren bag sig. Molly vendte sig og så ned på stranden, ned på de dansende skikkelser. Lyset var ved at forsvinde og hun så op på skorstenen efter mågen. Den var væk. Hun havde kigget på de dansende mænd, mens den fløj væk.

Restauranten på Hotel Pequod var hyggeligt indrettet med mahogni borde og stole, trægulve med lange planker og skydevåben på væggene. Den mindede om en jagthytte i stærkt forstørret format. Der var ret stille omkring bordet. Alan og Isaac var nok nervøse for morgendagens konkurrence, Molly var træt efter den lange rejse, Daniel var bare Daniel som sædvanlig og selv Pawel koncentrerede sig for en gangs skyld mere om at spise end at kommentere på et eller andet der ikke huede herren. Oppe på værelset faldt Molly hurtigt i den dyb søvn, uden at læse nogle af de andre bøger hun havde med ud over Bøffeljægeren.

Den næste morgen efter morgenmaden gik Alan og Molly en tur på stranden hvor mændene havde udført deres underlige dans aftenen før. „Er du spændt på konkurrencen?" spurgte Molly. Alan rystede på hovedet. „Jeg har testet min opstilling mange gange, og den er ret let at samle, så det skal nok gå godt". De gik videre i stilhed. Molly tænkte på Erwin og den manglende bus til Dunerhof. Alans hånd nærmede sig hendes. Molly puttede hurtigt sin i lommen. Alan stirrede tomt ud mod horisonten. De gik tilbage, tilbage til hotellet og forventningen om den kommende konkurrence.

KAPITEL 13

Finalen

Hallen hvor konkurrencen skulle afholdes, var imponerende. Alan og Molly gik midt i delegationen fra SteamWorks og så sig imponerede omkring. Arkitekturen var enorm, og GVP havde dekoreret den med gigantiske bannere og flag med deres signatur, den trippelte spiral i en hvid cirkel på knaldrøde flag. Overalt ved døre stod der uniformerede vagter. Der var projektører sat op, så der blev kastet lange skygger op på murene. Hallen summede af folk der var ved at finde deres sæder. Røde løbere var placeret på alle gangarealer.

„De har sørme sans for dramatik," hviskede Alan til hende, mens de nærmede sig den enorme scene der var stillet op i den ene ende af hallen. „Lad dig nu ikke dupere - du skal bare koncentrere dig om konkurrencen," hviskede hun tilbage.

På begge sider af scenen, var der VIP bokse, og Molly skulle sidde i den venstre. Den højre ville være der hvor dommerne skulle sidde, sammen med lederen af GVP og den mystiske GVP konsulent „Koryphäin". Ifølge programmet skulle de og deres følge ankomme en halv time senere. Deltagerne fik lov til at checke deres projekter en sidste gang, inden konkurrencen gik igang. Delegationerne fra de andre universitet var allerede i gang på scenen. Alan gik op på scenen sammen med Isaac og professor Keaonen. Molly, Daniel og resten af delegationen fortsatte forbi scenen og over til den venstre VIP boks. En kort trappe snoede sig op til VIP boksens forhøjning.

Molly satte sig godt til rette i en yderst behagelig stol med perfekt udsyn til scenen. Hun så ud over den forsamlede folkemængde og glædede sig over at det ikke var hende der skulle stå på den scene og præsentere et eller andet. Hun så over på scenen. Alan justerede noget på sin maskine, hvorefter han gik ned fra scenen til sin taske for at få en slurk vand. Isaac stod ved sin tavle og så efter Alan. Så krabbede han sig langsomt over til det bord Alans dims stod på. Med øjnene stift rettet mod Alan, pillede han ved et eller andet. Molly rejste sig, men der var en summen af samtale i rummet, så det ville være formålsløst at prøve at råbe til Alan. Isaac gjorde sig færdig og gik tilbage til tavlen med et veltilfreds smil.

Molly møvede sig over mod indgangen til VIP boksen, ved at presse sig forbi de andres ben. „Undskyld, undskyld," sagde hun, mens hun skyndte sig så meget som hun kunne. Hun nåede sidegangen og fortsatte ned af trappen. Her løb hun ind i en flok unge mennesker der var klædt i en slags identiske uniformer. Der var et karakteristisk logo på deres ærmer med bogstaverne P og J. Hun fik et chok og glemte alt om Alan og Isaac da hun genkendte en af dem.

„Erwin!!" sagde hun og skulle lige til at kramme ham da hun blev opmærksom på de hundreder af øjne fra den fyldte sal der hvilede på hende og Erwin. Han drejede hovedet og så på hende. Et svagt glimt af genkendelse og noget andet? måske irritation, sås i hans pragtfulde øjne. „Erwin?!" sagde hun igen.

„Molly hvad laver du her?" spurgte han, tydeligt forlegen overfor de andre unge i sin gruppe. „Jeg er med Alan Dorton der deltager for SteamWorks i konkurrencen". Irritationen var nu helt klar i hans ansigt.

„Jeg har lidt travlt, - det er os der står for arrangementet". Molly så spørgende ud. „Altså PJ, jeg er blevet gruppeleder i PJ". Det sidste blev sagt med en vis stolthed. Han virkede fuldstændig afvisende. Molly vidste ikke om hun skulle blive sur, græde eller noget helt tredje. Som hun stod der, kunne hun ikke finde på noget at sige.

„Jeg må videre," sagde han, mens han skævede bagud mod indgangen hvor en større gruppe af mennesker var ved at komme ned af den røde løber. Han gik forbi hende og gruppen fulgte ham. Molly stod og så efter ham, og hun undrede sig over at det eneste hun kunne tænke på var at hans hår var i uorden, og at det var det da ellers aldrig da den næste gruppe nåede hende. Hun vendte sig, og så endnu et kendt ansigt.

Den næste gruppe samlede sig bag en uniformeret mand, med et griselignende ansigt. Molly gættede at det måtte være Reichkansler Meinhard Grauton der skulle være dommer i konkurrencen. Ved siden af ham, klædt i en endnu mere imponerede uniform end Erwins, gik madam Pirith. Grauton og madam Pirith var flankeret af 3 herrer ligeledes i uniformer. Den ene bar en hvid uniform, de andre var brunlige. Deres støvler var pudset så blanke at Molly kunne se alle projektørernes placering i refleksionerne. Der gik et sus gennem menneskemassen, og alle hoveder drejede sig mod dem. Al mumlen forstummede, og gruppen fortsatte ned af løberen mod Molly. De havde meget selvbevidste miner, og med deres gennemførte påklædning havde de næsten en hypnotisk virkning. En anderledes mumlen begyndte at stige i hallen hvor spændingen var på bristepunktet.

Da gruppen nåede Molly, skulle en af mændene til at puffe Molly til side da madam Pirith pludselig opdagede hende. Molly var stadigvæk målløs og lamslået - hendes hjerne arbejdede på højtryk med både Isaacs svig, Erwins besynderlige opførsel og madam Piriths pludselige opdukken.

„Er det dig, Molly?" sagde madam Pirith med sin velkendte gebrokne accent. „Madam Pirith!?!?" fik hun fremstammet. „Ah, ikke madam Pirith, Mädchen, kald mig bare Lea. Willkommen til Germania - willkommen til vores millennium kongerige," smilede den tidligere hjemmehjælper. „Dejligt at have dig her, Molly, håber at din onkel også er her, neh?". Madam Pirith, (nej, Lea!) så intenst, nærmest håbefuldt på Molly. „Desværre, han er tilbage i Britannia," svarede Molly. „Ærgeligt, ærgeligt," mumlede Lea, „Nah, han kommer vielleicht engang, det kan nok arrangeres, Igor?". Hun så på manden ved sin venstre side som åbenbart var Igor McAtall der nikkede tilbage. „Igor kurerede mig for min tåbelige forelskelse i Freedo," sagde Lea til Molly. „Og vores lille konsulent geshæft går egentlig ret gut," tilføjede hun hviskende. Meinhard Grauton så lettere irriteret ud over forsinkelsen, og sendte et blik til manden i den hvide uniform.

Han bevægede sig utålmodigt. „Koryphäin, vi må videre". Molly spærrede øjnene op. Lea, smilede og sagde „Ja, mit barn, det er mig. Hils Freedo". Med disse ord satte hun sig i bevægelse og med hende hele hendes gruppe. Molly blev endnu en gang efterladt på løberen, måbende, mens Lea gik op af trappen til højre for scenen, og satte sig på æresspladsen. Hun vinkede til folk i salen, og jubelen bredte sig. En ung mand i en PJ uniform viste Molly på plads igen i den venstre VIP boks. Molly så over på scenen, men Alan og Isaac havde forladt scenen og var ikke til at se.

Meinhard hævede hånden, og stilheden sænkede sig over mængden. Han sagde et eller andet på germansk og folk gik amok. De råbte spontant „GVP, GVP," men man kunne også høre folk råbe „Koryphäin". Han hævede hånden igen, men folk blev ved med at råbe spredt. Råbene samlede sig til en rytme hvor folk til sidst råbte „Koryphäin" igen og igen. Meinhard så vredt tilbage på Lea der smilende rejste sig og med en håndbevægelse skabte stilhed i hallen igen, inden hun satte sig. Meinhard vendte sig mod publikum. Med slet skjult bitterhed sagde han „Det ser ud som om, jeg er blevet kuppet". Der var spredt latter blandt publikum. Han vinkede til Lea, „Kom herop og præsenter konkurrencen i stedet for mig, det er vist det folk vil have". Folk begyndte igen at juble, og

Lea pegede spørgende på sig selv. Meinhard nikkede, uden at formå at skjule sin irritation. Da hun rejste sig, steg jublen i salen. Meinhard trissede hen til hendes stol, og overlod talerstolen til Lea. Hun trådte op og så sig veltilpas omkring. Hun krummede sine fingre halvt og strakte sin tommelfinger, så de dannede en spiral og slog hånden 2 gange mod sin brystkasse. „Spirale," sagde hun højt og alle på gulvet i hele salen rejste sig og gjorde samme hilsen, mens de med en stemme råbte „Spirale". Lea løftede sin hånd og bad folk om at sætte sig ned.

„Velkommen til Grautons Internationale Konkurrence for Unge Videnskabstalenter. Velkommen til vores gæster fra universiteterne Juvenheim, SteamWorks, Owen og Keyo, eller måske skulle jeg sige velkommen til Juwes, Swords, Owls og Keys". Daniel der sad ved siden af Molly, hviskede „Det er de kælenavne, folk fra de forskellige universiteter har".

„Fra Juvenheim Universität deltager Denk Lem og Egyen Let". Voldsomme klapsalver fra salen, mens de trådte op på scenen.
„Fra SteamWorks University deltager Isaac Keaonen og Alan Dorton". Spredt høflig klappen. Alan og Isaac dukkede frem og vinkede til publikum.
„Fra Owen University deltager Ekva Cio og Rov Nice og fra Keyo Daigaku deltager Equ Azione og Shi Ki". Fortsat høflige klapsalver. De sidste 4 deltagere kom op på scenen.

Alan og Isaac gik rundt og hilste på de andre deltagere. Dem fra Juvenheim nikkede bare til dem, mens de 2 nihonesere var helt afvisende og reagerede overhovedet ikke på deres hilsen. Kun de 2 fra Owen University rystede hjerteligt deres hænder og ønskede dem held og lykke. „Held og lykke til jer også," sagde Isaac og hviskede til Alan: „De virker da meget flinke". De vendte sig igen mod hallen og Alan mærkede nervøsiteten i maven.

En glasskål med 8 kugler blev stillet foran Lea der rejste sig og trak en kugle op. Hun åbnede den og læste sedlen indeni.

„Første deltager på scenen er …Egyen Let fra Juvenheim Universität". Hallen gik amok, mens Alan, Isaac og de andre deltagere tog plads i deres stole i siden af scenen, og Egyen rullede sit projekt ind. Alle deres projekter stod bagest på scenen på rulleborde, og Molly havde set Isaac checke alle konkurrenternes projekter ud. Eftersom hans eget projekt ikke havde en decideret opfindelse der kunne vises, havde han ikke nogen forberedelse ud over at skrive et par formler på sin tavle. Alan havde været for optaget af sine egne forberedelser, så han var ret spændt på hvad de andre stillede op med.

Stilheden sænkede sig i hallen, og Egyen rømmede sig. Den stovte pige tog et apparat op i hænderne der lignede et stetoskop der var monteret på et stort bor. Øverst på boret, var der en kasse og en pil.

„Mit projekt handler om at lytte efter fodtrin eller maskiner på lang afstand". Hun løftede den del der lignede et bor. „Denne del borer man ned i jorden, og retter pilen i den retning man ønsker at lytte. Hvis man skal bruge det indendørs som nu, har jeg en slags sugekop man kan sætte på jorden". Hun viste hallen en lille rund genstand, inden hun smed den ved sine fødder. Egyen lod som om hun borede i scenen. Hallen var helt stille.

Hun puttede stetoskopenderne i ørerne, og fortsatte: „Nu kan man lytte efter fodtrin, maskiner eller andre lyde i den retning som pilen peger". „Med øvelse kan man lære hvad det er man hører hvor hurtigt det bevæger sig og hvor langt væk det er". Hun drejede apparatet langsomt frem og tilbage. Egyen stoppede med pilen pegende mod hallens hovedindgang. „Hvis ikke jeg tager meget fejl, kommer der snart 3 PirithJungen ind af den dør, den ene måske lidt… æhm… godt i stand". Alles hoveder vendte sig mod døren. Stilheden var intens. Der gik et par sekunder uden at der skete noget.

Så åbnede døren sig langsomt og 3 PJ'ere kom ind. De så noget overraskede ud over at alle så på dem. Den bageste trådte lidt længere frem og det blev klart at Egyen havde ramt ret præcist: Han var ...æhm... godt i stand. Folk begyndte at le. Den kraftige PJer blev helt rød i hovedet.

Publikum rettede igen deres opmærksomhed mod Egyen. Hun rankede sig op og så ud mod hallen. „Jeg kalder den for SODAR". Hun bukkede og dermed var hendes præsentation færdig.

Efter et par sekunder brød publikum ud i klapsalver. Da de var aftaget, sagde Lea, „Er der nogen af konkurrenterne der har spørgsmål?". De 7 andre rystede synkront på hovedet. „Er der nogen af dommerne der har spørgsmål?". Manden i den hvide uniform nikkede. „Hvor lang er rækkevidden?" spurgte han interesseret.

Egyen svarede „Indtil nu har jeg kunnet høre op til 3 kilometer væk for maskiner, og cirka 1 km for fodtrin, men dette er jo bare en prototype, så den kan nok forbedres. Detaljerne kan I se i dokumentationen". Alle dommerne havde fået individuel dokumentation for alle projekterne, til brug når de skulle finde vinderen. Lea så rundt på dommerpanelet, men der var ikke yderligere spørgsmål. „Tak til Egyen Let," sagde hun og trak en ny kugle.

„Så skal vi til Shi Ki fra Keyo Daigaku". Spredte klapsalver ledsagede den lave Nihoneser, mens han trillede sit bord frem. I forhold til Egyen Lets Brünhilde skikkelse forsvandt han nærmest bag bordet. Da han nåede scenens midte, trådte han et skridt tilbage fra bordet og bukkede med samlede hænder. Så gik han frem og løftede en lille genstand op der lignede en stor pen.

„Jeg har lavet en automatisk skruetrækker," sagde han og trykkede på en lille knap på sin skruetrækker. En karakteristisk lyd hørtes som tandhjul med sand i. Hans bord var dækket af alle mulige brædder med skruer i. Shis hånd bevægede sig hurtigt, mens han skruede skruer i, her og skruer der, og det gik virkeligt hurtigt. Enkelte blandt publikum der måske var håndværkere, klappede begejstret. Han var fuldstændig opslugt af skrueriet og begyndte at nynne samtidigt. Shi løftede benet og skruede under det, derefter skruede han bag om ryggen, til sidst stod han på hovedet og skruede. Alle måbede, men til sidst var der ikke flere skruer tilbage. Hallen trak vejret dybt.

„Man kan også løsne skruer," sagde han, og gik i gang med at skrue skruerne ud igen, denne gang med en anden knap. Han løsnede skruer med lukkede øjne og mens han balancerede på en bold. Han stod på hænder og løsnede skruer. Den sidste lod han dog sidde. Så tog han en almindelig skruetrækker frem fra lommen. Han forsøgte at løsne skruen, men kunne ikke. „Og den skruer med større kraft end man kan med hånden," konkluderede han.

Han lagde tingene fra sig på bordet, trådte et skridt tilbage og bukkede igen. Bortset fra de få ophidsede håndværkere der klappede som besatte, var applausen behersket og folk klappede sandsynligvis mest, fordi skrueshowet endeligt var overstået.

„Spørgsmål?" sagde Lea henvendt til deltagerne, og Alan rakte hånden op. „Ja?". „Hvad bruger du til at drive den?" spurgte Alan. Shi smilede, „En SteamWorks 31 micro". Alan sagde „Ah," og så tænksom ud.

„Dommere?" spurgte Lea, men da ingen markerede sig, tog hun den næste kugle op af skålen. „Så er det Ekva Cio fra Owen University".

Ekva rejste sig fra sin stol. Hallen gispede. Ekva var sort som kul. Ingen i hallen havde åbenbart bemærket det da han sad blandt de andre. Mishagsmumlen bredte sig blandt publikum. Ein neger ved en videnskabskonkurrence! Han gik roligt over til sit bord, mens Shi stillede sit væk og satte sig. På hans bord var der også en tavle som på Isaacs, og han rullede det hele frem i rampelyset. Der var ingen chance for at nogen i hallen kunne se hvad der var på tavlen, men dommerne og konkurrenterne kunne klart se hans planche.

„Ahm," rømmede han sig. „Jeg forestiller mig at benytte den kvasimagnetroniske effekt til at skabe en række kugler der kan samles i forskellige konfigurationer". Molly (og resten af hallen) anede ikke hvad han talte om. Han slog ud med armen mod planchen.

„Ved at placere en række kugler i en given initial tilstand, vil resten af kuglerne automatisk placere sig i de mønstre som Blueske bevægelser forudsiger". Hans planche viste forskellige figurer opbygget af kugler. „Kuglerne er lette at pakke og transportere, men kan lave arbitrært komplekse figurer ved gensamling". Stilheden var gennemtrængende. Han tog en spand med kugler op på bordet. Op af spanden tog han en fem-seks kugler som han lagde i et mønster på bordet. Derefter hældte han resten af kuglerne ud over dem.

Et gisp gik gennem publikum. Kuglerne arrangerede sig som en figur der med lidt god vilje lignede en ørn. Ekva skovlede kuglerne tilbage i spanden. Derefter arrangerede han 7 kugler i et nyt mønster. Da han hældte spanden over dem, lænede næsten alle i hallen sig frem i stolen, for at se hvad det nu ville blive til. Kuglerne formede denne gang en figur der lignede en vase. Ekva trådte tilbage og sagde „Dette er en prototype; med mindre og flere kugler vil man kunne lave mere anvendelige modeller".

Han trådte yderligere et skridt tilbage og var åbenbart færdig med sin præsentation. Dommerne havde travlt med at se væk i alle retninger da Lea spurgte til spørgsmål. Mishagsmumlenen begyndte stille i hallen igen. Lea skyndte sig at trække en ny kugle.

„Alan Dorton fra SteamWorks University". Molly lænede sig frem. Hun havde helt glemt Isaacs pillen ved Alans projekt og nu var det for sent at advare ham. Hun håbede at hans maskine ville virke.

Alan rejste sig, og så ud over hallen. Han kunne ikke skelne publikum i mørket, så han var ikke så nervøs som han havde frygtet. Han rullede sit bord frem.

„Dette er en hydraulisk maskine der kan lægge tal sammen". Han tændte for den lille dampmaskine der drev kompressoren. „Den regner i 2 tals systemet, så jeg skal dreje på disse håndtag …". Han pegede på det bageste af sin anordning. „… for at indstille de 2 tal jeg vil have lagt sammen. Derefter vises resultatet på disse visere". Molly havde forventet samme ophidselse blandt dommerne som der havde været ved præsentation på SteamWorks, men dommerpanelet sad roligt, nogle smilede og andre nikkede.

„Hvis jeg indstiller den til at lægge 2 og 3 sammen…", sagde han ligesom ved sidste præsentation, og drejede på håndtagene. „Så viser…". Det sydede og damp steg op fra opstillingen. Alan rynkede brynene. Viserne flakkede, og han bankede let på opstillingen. „He, øh, den plejer at virke". Han drejede på nogle andre håndtag, men både syden og dampproduktionen tog til. Han så desperat over på Isaac. Isaac blev helt befippet og pegede på Egyen og Denk: „Jeg så dem pille ved din maskine. De har saboteret den".

„WAS?!" udbrød de to juwes som med en stemme. De begyndte højlydt at diskutere med Isaac der heldigvis blev reddet af nogle af de PJ'ere der havde været sammen med Erwin der gik imellem de ophidsede deltagere. Alan så opgivende ud.

Lea rejste sig. „Ruhe!" sagde hun bestemt. Alle satte sig ned, også Alan. „Desværre, min dreng," sagde hun henvendt til Alan, „kan vi ikke gøre noget lige nu, men måske dommerne vil tage omstændighederne i betragtning - vi har jo din dokumentation". Hun så på panelet der nikkede. Alan så ikke beroliget ud, men Lea trak en ny kugle.

„Denk Lem fra Juvenheim Universität". Jubelen brød igen løs, og Alans lille uheld var glemt og borte. Molly så ham synke sammen i stolen. Denk gik med raske skridt over i rampelyset. Han var en høj flot blond dreng. Hans blå øjne så fast ud i hallen da hans bord blev trillet frem.

Bordet var dækket af en lille modeljernbane, en bog og en masse små legetøjskøer. Han løftede bogen op. „Jeg vil gerne præsentere mit system til at styre kvægtransporter". Denk åbnede bogen og viste den til hallen der hujede som om, de rent faktisk kunne læse hvad der stod i den. Så pegede han på sin tavle og sagde „Her er et udsnit af de tabeller der er i bogen. Man kan føre vognnummeret ind i søjlerne og ruten ind i rækkerne. Derefter kan man skrive kvægets detaljer i cellerne". Molly fik en underlig smag i munden, mens Denk præsenterede sit system. Det var sikkert noget der var interessant for landmænd, og man skulle tro at hallen var fuld af dem, for der var et virvar af klapsalver of hurraråb. „Der er også et system for at få kvæget ind og ud af vognene, og protokoller til at styre hvilke dyr der skal hvorhen," sagde han og fortsatte en detaljeret beskrivelse af sit system. „Man kan natülichvis også bruge systemet på andet end kvæg," smilede han. Publikum klappede endnu voldsommere da han endelig var færdig. Dommerne spurgte interesseret til nogle detaljer, Molly ikke helt havde fået fat i. Inden han satte sig lavede han en eller anden gestus mod salen der fik dem til at juble endnu mere.

Lea stod og smilede kort, inden hun trak den næste kugle. Denne gang var det Equ Azione fra Keyo Daigaku. Ligesom Shi var hun ikke særligt høj og bevægede sig med samme forsigtige bevægelser. Begge Nihonesere havde karakteristiske brune skæve øjne.

Equ tog en kuffert frem på sit bord. Hun åbnede den og afslørede en slags skrivemaskine. Oven over tastaturet var der en række indikatorer, et per bogstav i alfabetet. Equ bukkede og sagde „Dette er en kodemaskine. Man indstiller en nøgle på disse hjul". Hun pegede på nogle hjul ved siden af indikatorerne. „Når man så taster sin besked, laves den om til en kode. Lad mig demonstrere". Hun lagde fingrene på tastaturet. „Nu skriver jeg ‚Germania über und alles' og…". Hendes fingre dansede over tastaturet. For hver tast lyste en af indikatorerne op. „…maskinen siger ‚smurgelvurgel binabout'. Det er umuligt at knække denne kode hvis man ikke kender nøglen". Alan rystede på hovedet og ville til at sige noget, men Equ fortsatte. „Jeg indstiller den til at afkode beskeden". Hun drejede på et håndtag. „Nu skriver jeg ‚smurgelvurgel binabout' og maskinen svarer ‚Germania über und alles'". Hun trådte et skridt tilbage og bukkede. Lea spurgte efter spørgsmål, og Alan rakte hånden op. „Helt umuligt er det vel ikke at afkode, man kan vel bare prøve med alle de mulige nøgler". Equ smilede og sagde „Ja, selvfølgelig kan man det, men med 3 hjul er der så mange muligheder at det vil tage år at afkode manuelt. Man kan endda gøre den endnu mere sikker ved at sætte flere hjul på". Alan så ud som om han havde mere at sige, men Lea gav ordet til en af de uniformerede mænd der var mere interesseret i den praktiske brug. Equ forklarede at hendes prototype, var lavet som en kuffert så den var transportabel. De uniformerede mænd nikkede og småsnakkede med hinanden. Da Equ havde modtaget sit bifald, satte hun sig i stolen ved siden af Alan der stille begyndte at diskutere med Equ der smilende argumenterede logisk for sine synspunkter.

Leas næste kugle udvalgte Isaac som den næste der skulle på scenen. Molly spekulerede om han ville formå at præsentere sit projekt lige så kedeligt igen. Det kunne han. Lange uforståelige sætninger og besynderlige formler blev beskrevet på tavlen, og Molly gabte. Daniel gav hende en albue i siden, men der var et glimt af smil i hans øje da hun vredt så på ham. Endelig var han færdig.

En af Juwerne, Denk, indikerede at han havde et spørgsmål. „Ja?" sagde Isaac venligt. „Mener du alvorligt at universet udvider sig, eller mangler der en konstant i den sidste formel?" spurgte Denk. „Øeh," sagde Isaac og så på tavlen,"…det er jo, øh, det er resultatet af teorien". „Hvordan er den her teori forskellig fra den lille austriger B. Onestones arbejde fra 1905?" indskød Egyen med et skævt smil. Isaac så mere og mere desperat ud. „...ing Elena," sagde han lavt til sig selv. Der var spredt latter i salen. „Eh, store hjerner tænker måske ens," stammede han, inden Lea reddede ham ved at trække den sidste kugle som naturligvis udpegede Rov Nice som den sidste, til at præsentere sit projekt.

Mens latteren lagde sig rullede Rov det største bord ind hvor et eller andet stort var dækket af et klæde. Han tog i klædet og rev det af, mens han sagde: „Jeg præsenterer: Den fantastiske trykdrevne raket". En slags lodret stående zeppeliner der var malet i rød-hvide tern viste sig. Rov vinkede til nogle PJere der stod ude ved hallens side. 2 gigantiske tandhjul, et på hver side af hallen, satte sig i bevægelse. Taget begyndte at åbne sig. Solen fik langsomt magt og udsmykningen så endnu mere imponerede ud i fuldt dagslys. Rov så veltilfreds ud.

Han tog en lille flaske frem, og klatrede op på bordet ved siden af raketten. Han drejede toppen af og hældte indholdet af flasken i. Rov smilede ud mod salen, og begyndte at prøve på at skrue toppen på igen, men der var noget galt med gevindet. Han smilede nervøst og prøvede desperat med begge hænder at få drejet toppen på plads. En rød væske begyndte a pible ned af hans arm. Rædselsslagen smed han toppen, og sprang ned fra bordet mod scenens bagside hvor de andre deltagere sad nervøst på deres pladser. Tyk væske boblede ud fra toppen og lagde sig ned langs siden på raketten der efterhånden mere lignede en vulkan end en raket.

Trykket voksede åbenbart og en rød stråle stod flot ud af toppen på vulkanen som et gigantisk springvand da den endeligt gik i udbrud. Tilskuerne på første række blev oversprøjtede. Flere af dommerne fik pletter på sig, og Molly var også lige ved at blive ramt. Salens forreste rækker rejste sig og der opstod lettere tumult da folk ikke vidste om de skulle flygte eller hvad. Rov Nice var intetsteds at se.

Lea som vulkansaften nærmest på kommando IKKE havde ramt, rejste sig. „Tak," sagde hun og vendte sig mod salen. „Nu vil der være en halv times pause, mens dommerne voterer, og så vil der være præmieoverrækkelse". Salen klappede, og den karakteriske summen af en folkemængde, bredte sig igen. Molly så ned på deltagerne. Alan sad og så deprimeret ud, Isaac så rasende ud, mens de andre så forholdsvis upåvirkede ud. Pawel kæmpede sig ned fra VIP boksen, mens han mumlede „Skandale!". Hele konkurrencen havde været noget af et antiklimaks for SteamWorks deltagerne.

Folk havde rejst sig for at strække benene og gik rundt imellem hinanden, mens de snakkede om løst og fast. Molly ville gerne have talt med Alan, men deltagerne sad stadig oppe på scenen og undgik hinandens blikke. Man kunne se anspændtheden mellem deltagerne, men det var også tydeligt at det nok ikke var en SteamWorks studerende der vandt konkurrencen. Alans hoved hang og Isaacs vrede havde næsten materialiseret sig mellem ham og specielt Juvenheim deltagerne. I stedet prøvede hun at lokalisere Erwin i mylderet. Det var ikke særligt let at finde ham da der var en masse af de der PJ'ere i hallen. Lea derimod var let at finde med den kødrand af beundrere der konstant stod omkring hende. Hendes kødrand var betydeligt større end Meinhard Grautons, hvilket tydeligt irriterede ham yderligere. Han var trods alt Reichskansler. Lea stod smilende og trykkede hænder med alle der kom op til hende. Det var ikke til at forstå hvad der var sket med hende og Erwin. De var som totalt andre mennesker. Molly havde overhovedet ikke lyst til at tale med Lea igen - det var ikke den elskværdige midaldrende dame fra Freedos lejlighed. Og Erwin…

Lea klappede i hænderne og selvom hallen summede, begyndte alle alligevel at finde deres pladser som om at de havde hørt det. Molly fandt sin plads ved siden af Daniel, og lidt efter lidt faldt roen på det gigantiske rum. Lea stod med et lille smil ved sin plads og da den sidste støj var døet bort, sagde hun, „Mine damer og herrer, lad mig præsentere dette års vinder af Grautons Internationale Konkurrence for Unge Videnskabstalenter". Meinhard Grauton kom op med en seddel til hende. Han stillede sig ved siden af hende for i det mindste at deltage i oplæsningen. Lea foldede sedlen ud.

„Equ Azione fra Keyo Daigaku med sin kodemaskine!!". Hun nikkede til dommerpanelet der rejste sig og klappede. Hallen fulgte efter som på kommando, og Equ rejste sig forlegent og gik ind på midten af scenen. „Også tak til de andre deltagere, dommerpanelet og alle de PirithJungen der har hjulpet til med arrangementet". Lea gik hen til Equ, og rakte hende den lille platte der var vindertrofæet. Equ løftede den i vejret og modtog hallens hyldest. Alan og de andre deltagere bortset fra Isaac der sad og surmulede, stod også og klappede af den lille Nihoneser. Hun stod med et lille forlegent smil, stolt, men alligevel klar til at finde det nærmeste musehul at kravle ind i. Molly var sikker på at de ville have været rigtig gode venner hvis de havde gået i den samme skole.

Tilbage på hotellet restaurant var stemningen ret nedslået. Alle sad og så ned i deres tallerkener, og pillede ved maden der heller ikke så for indbydende ud. „Vores specialität," havde Ismael sagt da han serverede maden: „Weiße hvalkød i tomatsauce! Mit kartofler!". Molly ville gerne have snakket med Alan på tomandshånd, men de havde ikke været alene et sekund og de to lærere havde nærmest skændes om hvem der havde skylden for SteamWorks komplette nedtur ved konkurrencen. En efter en undskyldte børnene sig, og Molly skyndte sig at gå med, så hun ikke skulle sidde alene med Pedro og Pawel der så ud som om at de ville genoptage deres diskussion inden længe.

Alan var allerede gået ind på sit værelse, og Mollys hoved snurrede rundt med Erwin og madam Pirith (Hun kunne ikke vænne sig til at kalde hende Lea). Hun gik ind på sit eget værelse og satte sig på sengen. Hvad var der sket med dem? *Elskelige madam Pirith, nu „Koryphäin" og Erwin…nu…PirithJunge.* Det var ubærligt at tænke på, så hun fiskede en bog frem fra sin kuffert. Noget med en fangeflugt.

Hun åbnede den, og endnu engang flød linierne op til hendes øjne, omfavnede hende og trak hende ind i bogen. Hun var igen „inde" i bogen, og alting stod helt virkeligt for hende. Det var næsten den perfekte medicin for denne dag, og hun tilbragte længe - det var ikke til at fornemme tid „herinde" - med at grave en tunnel og kravle igennem den. Jord faldt i hendes øjne og hendes negle var sorte. Og så var hun ude igen! Både af bogen og tunnellen.

Hun stod med bogen i hånden med bankende hjerte. *Det er ikke mit værelse!* Hun vendte sig og så Alan sidde ved skrivebordet og arbejde med sin opfindelse. Molly trak vejret dybt. Hun var forvirret. *Hvordan endte jeg her?*, tænkte hun. *Det må have været bogen.* Hendes åndedræt eller hjerte måtte have larmet for højt, for han vendte sig og så på hende.

„Molly - du skræmte mig; jeg hørte slet ikke at du kom ind," sagde han smilende. „Jeg har fundet ud af hvad der var galt - det var bare en af de kompressorerne hvor slangen var faldet af. Gad nok vide hvordan det skete?" sagde han tænksomt. Molly der var ved at komme sig af sin forskrækkelse, sagde „Øh, Alan, Isaac var ovre og pille ved din opstilling lige inden konkurrencen . Jeg tror han ødelagde den med vilje".

„Isaac? Næppe, han ville nok bare hjælpe," sagde Alan. „Jamen…", indvendte hun. „Jeg kan ikke tro at Isaac ville gøre sådan noget," sagde han igen bestemt, og Molly kunne høre at det emne var uddebatteret. „Virker den så nu?" sagde hun. „Ja, selvfølgelig, men det er jo inderligt ligegyldigt nu. Bortset fra det, så var Equs opfindelse også den bedste. Jeg mener, den vulkanraket…". De så på hinanden og begyndte at sprutte af grin. „Så du ham på første række der blev helt dækket af det skum?" grinede Molly, mens tårer strømmede fra hendes øjne. „Og så hende Koryphäin der slet ikke blev ramt," lo Alan. „Ja, det er rigtigt," sagde Molly der pludselig blev alvorlig igen ved Alans omtale af madam Pirith. „Det var ret sjovt". Alan holdt også op med at le.

„Nå, jeg må hellere gå tilbage og få noget søvn," sagde Molly og rejste sig. „Ja," sagde Alan og gik tættere på for at sige godnat, men de vidste ikke om de skulle kramme eller give hånd, så det endte med at Molly vinkede lidt til ham og sagde „Godnat," mens hun lukkede døren bag sig. „Godnat," hørte hun ham sige bagved døren.

Gangen var dunkel, og Molly gik langsomt i retning af sit værelse da hun pludselig hørte en mærkelig lyd. Det lød lidt ligesom den skruetrækker, Shi Ki havde demonstreret tidligere på dagen. Det kom fra et af værelserne nede af sidegangen. En dør åbnedes, og Molly trak ubevidst ind til væggen. En skygge kom ud fra sidegangen, og listede hen ad gangen, væk fra Molly. Da den nåede Mollys dør, så den sig omkring. Molly trykkede sig mod væggen. Skyggen tog langsomt fat om dørhåndtaget, og trykkede det stille og lydløst ned. Døren åbnedes, og skyggen forsvandt ind i hendes værelse. Molly holdt vejret. Hendes hjerte bankede endnu mere, end da hun var dukket op i Alans værelse. Hun stod helt stille i mørket. Ikke lang tid var gået da skyggen forlod hendes værelse igen i hast. I hånden havde den et eller andet der lignede et skydevåben. Den listede ned af trapperne for enden ad gangen. Molly listede hen til sit værelse, skyndte sig indenfor og lukkede døren og slog slåen for. Hun undersøgte sin kuffert, men alt så ud til at være der. Derefter checkede hun rummet for at prøve at finde ud af hvad den skygge ville derinde. Intet. Hun tog nattøj på, og prøvede at lægge sig til at sove. Det tog hende lang tid at falde i søvn - alle lyde fik hende til at slå øjnene op, og hendes tanker sprang fra Erwin til madam Pirith til Alan til Shis skruetrækker til skyggen. Til sidst sov hun dog alligevel.

Om morgenen pakkede Molly sin taske, og bar den selv ned i hotellets foyer. Hun var stadig rystet over begivenhederne den foregående nat. Det var ikke til at afgøre om det mest foruroligende var hendes „teleportering" til Alans værelse, eller personen der var inde på hendes værelse. Det hele føltes helt uvirkeligt. Hun satte sig i en gammel sofa, og kiggede lidt i en germansk avis, men forstod ikke noget af teksten. Billederne var dog en historie i sig selv med masser af spiraler, PirithJungen og billeder af forhutlede folk med bønnemærker, syet ind i tøjet. Da Pedro Lore endelig kom ned, trak Molly ham til side. „Der var nogen inde på mit værelse igår," sagde hun, „Jeg så en, mens jeg selv var på gangen". Pedro så undersøgende på hende. „Er du sikker på at du ikke har forestillet dig noget, eller drømt det?" sagde han tvivlende, „Hvorfor skulle nogen bryde ind i dit værelse?". „Hr. Lore, jeg kom fra Alans værelse og så en komme ud fra mit". Pedro så stadig tvivlende ud, men sagde „Jeg skal nok snakke med Herr Badsiedlung". Han gik ind på kontoret ved siden af receptionen. Molly satte sig tilbage i sofaen.

De andre kom ned lidt efter lidt, og Alan satte ved siden af hende. „I det mindste kommer vi da til at flyve i luftskibet hjemad," sagde han lidt påtaget muntert. Molly nikkede med sit blege ansigt. „Er der noget i vejen?" spurgte han. „Jeg er o.k. - jeg sov bare dårligt," sagde Molly stille. „Ja, de senge var lidt for sig selv," sagde Alan og småsnakkede videre om et eller andet. Molly hørte ikke efter.

Endelig kom Pawel ned med uglet hår, selvom man skulle tro at hans forsinkelse skyldes lang tids soignering når man kendte hans niveau af forfængelighed. Han kunne selvfølgelig også bare have brugt tiden på at pakke sin gigantiske kuffert. Pedro kom ud fra kontoret igen. Han blinkede til Molly og hun kom op til ham. „Herr Badsielung forsikrede mig at der ikke har været nogen på dit værelse". „Men...", begyndte Molly, men blev afbrudt af et blik fra Hr. Lore der sagde at sagen var uddebatteret. *Har jeg bare forestillet mig det hele?*, tænkte hun. Måske havde det hele været en drøm eller noget hun havde forestillet sig. Molly rystede ved tanken. *Ikke bare zoofoobi, jeg er virkelig ved at miste forstanden.* Alan rørte hendes albue, og sagde at de burde gå.

Ismael dukkede op, og bar deres bagage ud til den ventende bil. Da det hele var læsset og Molly passerede ham, sagde han, „God vind, Fraülein". Daniel der gik bagved hende, spurgte „Hvorfor siger du God vind?". „Ah, jeg er gammel sejler, Herr Palmer," svarede Ismael, „De gamle togter på det gode skib Rachel". Han fik et drømmende blik i øjnene. Så huskede han et eller andet og skygger sænkede sig. „Hey, Rachel, det hedder Elenas mor også," sagde Daniel dumt. Ismael sukkede. „Det er en lille verden," sagde han og så steg Molly og Daniel ind i bilen der begyndte at køre fra det lille hotel ved stranden. Molly så den gamle mand, stå, sammensunket, opslugt af minder i hotellets gård. Som bilen kørte væk, blev han mindre og mindre i bagruden.

KAPITEL 14

Brandbilen som forsvandt

Zeppelineren duvede let da den lagde til SteamWorks bygningen igen. Taget var af gode grunde ikke fyldt med orkestre, talere og folk med flag, men derimod stod Theodor Montresor der, sammen med et par andre fra SteamWorks Sikkerhed. Alan trådte ud først og Montresor tog hans taske. „Vi skal lige checke jeres tasker," sagde han og rakte den til en af de andre sikkerhedsfolk. „Jeg skal nok sørge for at levere dem tilbage til jer".

Alan så lettere forundret ud, men fortsatte hen til elevatoren. Molly afleverede sin taske, så Isaac og Daniel. Pedro Lore holdt sin taske fast. „Hvorfor skal I gennemrode vores private tasker?" sagde han vredt. „Det er et overgreb på vores privatliv". Montresor trak på skulderen. „Ulysses har beordret det. Efter den seneste tids udvikling i Germania, er han ekstra bekymret over industrispionage, sabotage og den slags. Det er ligeså meget for jeres egen sikkerhed". Modvilligt opgav Pedro tasken. Der måtte 2 mænd til at slæbe Pawels taske, og han virkede næsten glad for at han ikke selv skulle slæbe den. „Aflever den nede i min lejlighed," instruerede han de prustende mænd. Så gik han demonstrativt ind i elevatoren som den sidste, og trykkede på knappen, så dørene lukkedes foran de måbende sikkerhedsfolk.

Freedo kom ud fra stuen da Molly låste sig ind. „Er I allerede hjemme?" sagde han og omfavnede hende. „Tjaeh," sagde hun, „Der var ikke meget grund til at blive der. Har du hørt hvad der skete?". Han nikkede og pegede på sin avis. „Det er ret detaljeret dækket, men hvad hulen var det med raketten?". Molly smilede træt. „Ved du så også at det er madam Pirith der er Koryphäin?". Freedo rynkede brynene: „Ja, men jeg troede faktisk ikke helt på det. Jeg mener - vores Lea?".

„Onkel?" sagde hun. „Jaeh?". „Vidste du at madam Pirith var forelsket i dig?". Han så overrasket ud. „I mig?". „Og hun sagde at Igor McAtall kurerede hende for det". Han så tænksom ud. „Hun mente nok at hun blev forelsket i ham i stedet," sagde han stille. „Lea og Igor. Ledere af Germania. Utroligt". Han rystede på hovedet. Han tog Molly i hånden og ledte hende ind i stuen hvor de satte sig på sofaen. „Nå, men du må fortælle alt om din tur. Boede I et godt sted?".

Molly fortalte ham om hotellet, mågejægerne og Ishmael. Hun berettede om hallen og konkurrencen og madam Pirith, men Erwin og de underlige hændelser om aftenen holdt hun for sig selv. De ting skulle bare efterlades i Germania og glemmes.

„Stakkels Alan," sagde Freedo da det pludseligt ringede på døren. Han rejste sig og gik ud og åbnede. Det var et bud. Han kom tilbage med en brun pakke med frimærker fra Germania. Molly kunne genkende spiralen på dem. „Endelig," sagde Freedo veltilfreds. Han satte sig ved siden af Molly og pakkede ud.

„Min brandbil," sagde han, og fremdrog en fin rød antik brandbil der var forholdsvis stor. Den var meget detaljeret udført med små slanger og en fin messing klokke. Freedo lignede en treårig der fik sit første stykke legetøj på sin fødselsdag. Han ringede på klokken og rullede slangerne ind og ud. Pludselig rystede han bilen. Den raslede. „Hm, mon der er noget der er gået i stykker?" sagde han bekymret. Han undersøgte bilen, men det virkede som om at den var i fin stand. „Hov, jeg glemmer jo helt dig," sagde han og stillede brandbilen op på en hylde. „Lad os gå ud i køkkenet og lave noget mad. Jeg kan altid lege videre i morgen," sagde han og blinkede til Molly der trissede efter ham ud til køkkenet hvor de lavede mad sammen.

Efter de havde hygget sig med aftensmaden, havde Freedo noget arbejde at se til, så Molly gik ind på sit værelse. Montresors folk havde ikke afleveret hendes ting endnu, så hun kunne ikke pakke ud. I stedet tog hun en af de mange bøger der lå rundt omkring i værelset, op. Hun så mistænksomt på den. Mon hun også ville blive „suget" ind i den? Der var kun en måde at finde ud af det på…

Justine bankede på døren, og Freedo åbnede. „Hej Justine, kom ind, hun er kommet hjem". Justine bar på Mollys taske da hun havde mødt Montresor på vejen.

„Molly, Justine er her!" kaldte Freedo. Intet svar. Han så på Justine: „Du kan bare sætte dig ind på hendes værelse, hun kan ikke være langt væk". „O.k., Dr. Gabe". Hun gik ind på værelset og lagde kufferten på sengen.

Molly var intetsteds at se. Hvor kunne hun være? Justine satte sig på sengen ved siden af kufferten. *Giv lyd*, tænkte hun, og smilede ved tanken om de gemmelege, de havde leget da de var yngre, lige da Molly var ankommet.

Der var pludselig en susen i værelset, og Justine gispede da Molly materialiserede sig direkte foran hendes øjne. Molly gispede også, og tabte bogen, hun havde i hånden.

„Det var…. HELT VILDT!" nærmest råbte Justine, „Hvordan gjorde du det?". Molly samlede bogen op. „Gjorde hvad?" spurgte hun dumt.

„Du dukkede op ud af ingenting. Det var helt vildt," gentog Justine. „Ud af ingenting?". Molly så tvivlende på Justine. „Var jeg væk?".

„Helt væk, skatter, men hvordan gjorde du?".

Molly viftede med bogen. „Det er åbenbart når jeg læser. Jeg troede at jeg var ved at miste forstanden". Et smil bredte sig over hendes ansigt. „Jeg forestillede mig at jeg indlevede mig lidt for meget i bogen. En slags hypnose". Hun spekulerede over implikationerne. „Hvordan hulen har du lært det?". Molly skævede op mod skabets top hvor bogen om trappernes hus lå i en stofpose. Hun var egentlig udmærket tilfreds med at det var noget hun kunne, og havde ikke specielt lyst til at afprøve om Justine ville kunne gøre det samme hvis hun læste den.

„Aner det ikke," løj hun, „Det skete lige pludseligt". Justine lagde hovedet på skrå. „Har du virkelig ingen ide om hvordan?". Molly så væk. „Jeg er ikke sikker - det er ligesom kommet lidt efter lidt, og jeg var jo slet ikke klar over at jeg forsvandt i virkeligheden". Justine tænkte lidt og slog så hænderne sammen. „Fortæl mere detaljeret hvad der sker," sagde hun. Molly overvejede kort, hvordan hun skulle beskrive det. „Det er ligesom om at linierne i bogen glider sammen, og pludselig står jeg inde i en virkelig udgave af det, jeg er ved at læse". „Du forsvinder helt fra verden, og dukker op det samme sted igen?" spurgte Justine. „Nej, vent, i Germania flyttede jeg mig, mens jeg læste en bog fra mit eget værelse til Alans. Heldigvis opdagede han ikke noget".

Justine bevægede sine hænder i ryk. „Du kan teleportere - det bliver bare vildere og vildere". Mollys smilede svagt. „Mon det er farligt?" sagde hun. „Ork nej," sagde Justine,"ellers ville du allerede være en del af en væg eller en seng. Det virker som det rene magi". Molly så ikke overbevist ud, men Justine var fyr og flamme.

„Det er bare så sejt. Vi er nødt til at eksperimentere lidt". Molly så på hende. „Hvad mener du?". Justine fik et hemmelighedsfuldt glimt i øjnene. „Vent og se," sagde hun. Hun rejste sig og gik mod døren. „Vi ses i morgen, tøsebarn, og så skal vi se løjer".

Næste morgen vågnede Molly fra en drømmeløs søvn, og trissede ud i køkkenet for at få noget morgenmad. Freedo sad allerede med sin avis, og spiste et stykke toast.

„Der er te," sagde Freedo og nikkede i retning af tepotten. Molly mumlede et eller andet, og proppede et stykke toast i toasteren som Freedo havde købt kort efter madam Piriths forsvinden. Køkkenet var i det hele taget blevet lettere automatiseret da der ikke længere var en venlig dame der serverede mad for dem.

Molly trådte på noget. Hun bøjede sig ned og så Harvardnøglen til hans laboratorium. Hun samlede den op. Der sad noget blåt fast imellem tænderne.

„Onkel, du har tabt din nøgle". Molly rakte ham nøglen. „Hvad er det blå?" spurgte hun.

Han så på nøglen. „Aner det ikke". Han pirkede til det med en finger, og det faldt på gulvet. „Jeg må have haft et eller andet sammen med den i lommen," mumlede han for sig selv og puttede nøglen tilbage i sin lomme. „Tak," sagde han og vendte tilbage til avisen.

Mollys toast var færdig, og hun satte sig overfor Freedo. Hun hældte te op, og begyndte at spise. Freedo der åbenbart var færdig med avisen, lagde den fra sig og rejste sig. Han stillede sin kop og tallerken over på køkkenbordet, og gik ind i stuen.

Kort efter hørtes et lille skrig inde fra stuen. „Min brandbil," råbte han. Molly skyndte sig ind i stuen. Hendes onkel farede rundt i stuen og så under sofaen, bag stolen, på hylderne og allemulige steder. Brandbilen var væk. „Ved du hvor den er?" spurgte han Molly.

„Satte du den ikke på den hylde der?" spurgte hun og pegede. „Jo, det mente jeg også". De så på hinanden. „Har vi haft indbrud?"

sagde de næsten samtidigt.

„Hvem vil stjæle en legetøjsbrandbil?" spurgte Freedo retorisk. „Jeg henter Theodor, så han kan undersøge lejligheden for, om der er nogen der har været her". De rejste sig samtidigt. Freedo forlod lejligheden og Molly farede ind på sit værelse for at checke om „tunnelbogen" stadig var der. Derefter checkede hun oven på sit skab, om bogen om trappernes hus stadig var der. Begge bøger var hvor hun havde efterladt dem.

Molly var lidt urolig for om nogen virkeligt havde været der - hun huskede stadig episoden i Germania, den foregående nat. Hun pakkede hurtigt sin skoletaske, og efterlod en seddel i lejligheden, om at hun var gået i skole.

Skoletiden var lang og kedelig og fyldt med spørgsmål om Germania og konkurrencen. Da Molly endelig nåede hjem, var hun dødtræt. Hun orkede næsten ikke at Justine skulle komme, og at de skulle „eksperimentere". Molly ønskede næsten at hun ikke havde fået den evne med bøgerne. Hun ville have foretrukket at alt havde været som i det korte tidsrum hvor hendes liv synes at være perfekt. Hvor madam Pirith stadig var sammen med dem hvor Erwin studerede på SteamWorks hvor verden var enklere og mere forståelig. Hun lagde sig på sengen og kort efter sov hun.

En mørk skygge sneg sig ind på hende med en hydraulisk skruetrækker. Hun løb igennem SteamWorks bygningens gange der ændrede form, snoede sig og blev labyrintiske. Kridtstregerne på væggene ledte hende, forhåbentlig til udgangen. Pludselig stod hun på taget. Der var hejst røde germanske flag, med spiraler overalt. Erwin stod med ryggen til tæt ved kanten. „Erwin, pas på," råbte hun. Han vendte sig langsomt i sin PirithJunge uniform. Han havde en bog i hånden. Med et lille smil smed han bogen ud fra bygningen, og pludselig faldt Molly sammen med bogen. Hendes mave snørede sig sammen, mens hun nærmede sig vejen nedenunder med foruroligende hast.

Hun vågnede med et sæt, og satte sig op. Det bankede kraftigt på døren. Justine var meget utålmodig da Molly endelig lukkede op. „Sov du, eller hvad?" sagde hun irriteret. Hun havde en taske med som hun lagde på sengen. Fra den tog hun en bog frem. Det var en bog om flyvning. Molly sukkede og åbnede den. Hun bladrede i den.

Intet skete. Justine blev irriteret. „Nej, du skal jo læse den". Molly koncentrerede sig. Lidt efter lidt begyndte hun at komme ind i teksten, og pludselig VAR hun inde i teksten. Hun så zeppelinere og andre flyvende maskiner. Det føltes mærkeligt „herinde". Hun løftede hovedet og SWOOSHEDE ud af bogen igen. Justine så imponeret på hende. „Det der vænner jeg mig aldrig til". Molly smilede. „Det virkede lidt mærkeligt inde i bogen, men måske var det fordi det var en fagbog?".

„Sagde du ikke at flyttede dig fra dit værelse til Alans, ovre på det hotel i Germania?" spurgte Justine. „Jo, det var ret mærkeligt". „Hvilken bog læste du dengang?".

Molly tog en bog fra skrivebordet og viste den til Justine. „Den her". Justine bladrede lidt i den. „Her!" sagde hun og rakte bogen åbnet til Molly. Hun havde fundet det sted hvor de kravlede igennem tunnellen. Molly tog bogen op og læste. Denne gang var det lettere. Bogstaver flød op til hendes øjne og hun kravlede igennem tunnellen. Ude på den anden side, løftede hun hovedet og stod pludselig ude i gangen. Freedo der lige var kommet hjem, stod med ryggen til hende. Lyden af hendes tilbagekomst fik ham til at vende sig.

„Åh, hej Molly," sagde han. Han virkede ophidset, og havde muligvis derfor ikke bemærket noget mærkeligt. „Alan kom til laboratoriet i dag med sit projekt. Vi har arbejdet på det hele dagen og det er ret lovende". Justine kom ud til dem. „Og hej med dig, Justine," sagde Freedo til hende. Han rynkede brynene. „Ved I to noget om de skriverier på dørene her i huset?". De måtte begge have lignet store spørgsmålstegn. „Nå ikke, det er bare det at der er nogen der skriver underlige ting på dørene med kridt".

„Hvad for eksempel?" spurgte Molly. „På elevatordøren på 37' står der OWLERNE ER IKKE HVAD DE SER UD TIL," sagde Freedo. „Jeg har hørt der også er skrevet noget andre steder, men jeg ved ikke, om der står det samme. Gad vide hvad Owen University har med det hele at gøre? ..Og hvad med min brandbil?" , mumlede han og gik ind i stuen til sin avis og trofaste pibe.

Justine og Molly så på hinanden. „Hvad er det nu for noget med en brandbil?" spurgte Justine. „Min onkels legetøjsbrandbil er blevet væk. Hvad mon det er med de kridtbeskeder?" sagde Molly.

De gik ind på værelset. „Det var bare så cool, jeg var bange for din onkel havde opdaget os". Justine fik et listigt glimt i øjnene. „Og ved du hvad du kan nu?". Molly så tvivlende på hende. Justines ideer var ikke altid lige gennemtænkte. „Nu kan du komme ind i McAtalls laboratorium". „Måske," sagde Molly og spekulerede på, om der måske ville være nogle spor til, hvorfor madam Pirith løb væk sammen med ham for at blive Koryphäin i Germania. *Det var måske alligevel ikke en helt dårlig ide*, tænkte hun.

KAPITEL 15

Indbrud

Justine og Molly havde aftalt at udføre deres hemmelige indbrud dagen efter. De fulgtes til elevatoren som de tog til 14. etage.

„Er du klar?" hviskede Justine, idet elevatordørene åbnede sig. „Yeps," svarede Molly og de skyndte sig begge hen til trapperne.

„Justine, du står vagt. Hvis der sker noget banker du på døren". „O.k.," svarede Justine.

„Bank 1 gang hvis jeg bare skal komme ud, 2 gange hvis jeg skal gemme mig eller 3 gange hvis jeg skal prøve at slippe ud på den øverste etage".

De listede sig forsigtig ned af trappen til 13', og der var ingen Montresor at se i nogen retninger. Sedlen på McAtalls laboratorium hang der stadig.

„Så er det nu," sagde Justine der (selvom hun havde set det mange gange nu) var oppe at køre over at skulle se Molly „teleportere" sig ind gennem døren. Molly sukkede og tog bogen frem. „Abracadabra," sagde hun og begyndte at læse.

SWOOSH, og hun trådte ud på den anden side. Hun bankede på

døren indefra, så Justine vidste at det havde virket.

Molly så sig omkring. Der var mørkt i lokalet. Vinduerne var dækket af tætte gardiner, men hun kunne skimte lyskontakten. Hun tændte lyset. Lokalet var indrettet med 9 lange borde der stod i en 3 x 3 formation. Bordene var individuelt indrettet med forskellige kolber, bunsenbrændere og mekaniske apparater. Bagest i lokalet var der vindeltrappen til etagen ovenpå, og en glasdør der ledte ind til burene med chimpanserne.

Der var ikke noget specielt som gav hende indtryk af hvad der mon var sket med madam Pirith, den aften for efterhånden længe siden.

Molly gik ned bagest og åbnede de dobbelte døre ind til burene. *Mon den abe hun havde set, var her?*. Nej, burene var tomme. Der lå nogle underlige metalagtige blomster eller orme i burene. Hun tog et skridt ind i rummet. En ram dyrelugt steg op i hendes næsebor, og hun bakkede hurtigt ud. Molly undersøgte låsene på de dobbelte døre. En abe burde ikke kunne finde ud af at åbne dem. *En normal abe burde ikke*, tænkte hun.

Da hun vendte sig, så hun en stor tavle i den modsatte ende af lokalet ved siden af døren. På tavlen var der en kridttegning af et underligt pistollignende våben. Hun gik tættere på og så at det der måske var løbet, var snoet på en underlig måde, og at mundingen var udformet som en slags omvendt tallerken. Der var også en tegning af de mekaniske ormeblomster.

På det nærmeste bord lå der en bunke papirer med mere detaljerede tegninger. Ved siden af tegningerne stod også en masse tekniske termer som Molly ikke forstod en dyt af. På den sidste side var der en profil tegning af „pistolen" der fik hende til at tænke på det våben, skyggen i Germania havde haft i hånden. Hvad havde McAtall forsket i?

En banken på døren fik hende til at hoppe. Kun 1 bank. Molly tog profiltegningen af pistolen i hånden, gik over til døren og tog bogen frem. *Hm hvad hvis jeg nu kommer ud lige oven i Justine?*, tænkte hun. Hun tøvede kort og begyndte så at læse.

SWOOSH, og hun stod ved siden af Justine. Tegningen var ikke længere i hendes hånd. Hun forestillede sig at den langsomt fladt til jorden på den anden side af døren.

„Jeg ved jeg har sagt det før, men jeg vænner mig bare aldrig til det der," smilede Justine. „Nå hvad så?" spurgte Molly, „hvorfor bankede du?". „Hey, du havde været derinde længe allerede, og skal jeg bare stå her og blomstre, mens du laver alt det sjove?," sagde Justine, „Hvad fandt du ud af?".

„Der er nogle tomme abebure derinde, tegninger af pistoler og nogle underlige ormeblomster," sagde hun. „Ormeblomster?". Justine rynkede brynene. „Ja, sådan nogle mekaniske nogen". „Kunne du ikke have taget dem med ud?" sukkede Justine. „Jeg prøvede at tage nogle af tegningerne med, men jeg kan åbenbart ikke tage sådan noget med mig når jeg SWOOSH'er!" sagde hun.

Justine så slukøret ud. „Der var ikke meget eventyr i det her". Molly så på „tunnelbogen". *Jeg kunne nu godt vænne mig til det her*, tænkte hun, mens de trissede hen til trappen.

„Onkel hvad ved du om Igor McAtalls forskning?" spurgte Molly, mens de sad over aftensmaden ved spisebordet i køkkenet. Freedo fik et underligt udtryk i ansigtet. „Ikke meget, det er noget kontroversielt noget".

„Hvad med aberne?" pressede Molly ham. „Han laver nogle forsøg med at modificere deres adfærd," svarede Freedo modstræbende, „Jeg er ikke tilhænger af den slags med forsøgsdyr, men det er jo ikke mig der har ansat ham. Det er jo også lige meget nu, han er jo i Germania med Lea og fortsætter sin ‚forskning' der".

„Jamen," begyndte Molly da det bankede på døren. Freedo rejste sig og gik ud og åbnede. „Ulysses?!?" hørte Molly ham sige med forundring i stemmen. Molly gik hen til døren og så ud.

„Ja, undskyld jeg forstyrrer midt i maden," sagde Ulysses Creed, „men jeg vil gerne tale med dig om noget vigtigt". Hans blik gled gennem gangen. „Og din niece må gerne være med". Molly trådte frem. „Lad os gå ind i stuen," sagde Freedo, og lidt efter sad de alle i stuen.

„Jeg er bekymret over udviklingen i Germania," sagde Ulysses og fortsatte „de er begyndt at opruste, og stemningen i landet er …". Han lavede en dramatisk pause. „…mærkelig. Der er en stemning af opsving, hvilket jo egentlig er godt efter den nedtur landet har været igennem efter Den Sorte Krig, men der er også en masse had til minoriteter". Freedo nikkede. „Ja, min legetøjs, øh, antikvitetsforhandler er flyttet til Alpenland, bare fordi han er Soy".

„Ja, det er dens slags, jeg mener". Ulysses så bekymret ud. „Det er kommet mig for øre at den mystiske Koryphäin, er en Lea Pirith som har været din husholderske?" sagde han henvendt til Freedo. „Det er korrekt, og Igor McAtall er, tjah, sammen med hende. Molly mødte dem da hun var med til konkurrencen".

Ulysses vendte sin opmærksomhed mod Molly. „Bemærkede du noget anderledes med frk. Pirith, øh, Molly, er det ikke?". Både Freedo og Molly trak på smilebåndet da han omtalte madam Pirith som frøken. Det var bare ikke noget der passede til hende.

„Molly er rigtigt, og med hensyn til hvad der var anderledes, så var det jo nærmest alt," svarede Molly, „hun var klædt i en imponerende uniform, hun opførte sig som en statsmand, det eneste der var ligesom altid, var hendes gebrokne accent".

Ulysses nikkede. „Jeg håbede at I måske kunne give en ide om hvad vi kan vente fra hende som lederen af Germanias højre hånd?". Freedo og Molly udvekslede blikke. „Altså hun førte en imponerende husholdning, og kunne nærmest forudsige mine gæster," sagde Freedo, „men hvordan det kan overføres til styringen af et land, kan jeg ikke forstille mig". Han fortsatte „og Igor kan du vel selv forstille dig hvad han kan og vil gøre når han er tæt på magten".

„Ja, det var det jeg frygtede," brummede Ulysses, „…vi kan ikke engang forestille os hvad der kommer til at ske". De sad i stilhed et stykke tid. Molly kom i tanke om noget.

„Øh, Hr. Creed, må jeg stille Dem et spørgsmål?". Han så interesseret på hende. „Spørg løs, min pige," sagde han. Hun tog en dyb indånding og sprang ud i det „Det der symbol med 4 bøger som De har på deres manchetknapper, det er også på min mors og Horatio Creeds grave; hvad betyder det?".

Ulysses så på Freedo, og så tilbage på Molly. „Kender du myten om de 4 bøger?" spurgte han hende. „Ja vi har haft om den i skolen," svarede Molly. „Den stammer oprindeligt fra Yuccaerne, men går igen i mange kulturer," sagde han lavmælt. „Horatio Creed troede fuldt og fast på at myten ikke bare var en myte, og han blev også medlem af et hemmeligt selskab, *Trappen* der vist nok prøvede at finde bøgerne. Måske stiftede han selskabet selv, jeg ved det ikke". Molly og Freedo lyttede interesserede, mens han fortsatte „Symbolet med de 4 bøger er noget *Trappen* uddeler til dem der bringer dem nærmere deres mål. Manchetknapperne har jeg arvet," smilede han. Molly kom til at tænke på at bogen af William Sleator inde oven på hendes skab hed *Trappernes hus* og at det var efter at have læst den hun fik sin ‚evne'.

„Åh, måske er det hemmeligheden ved hans vittighed ved graven," indskød Freedo. Ulysses smilede. „Tjaeh, Horatio havde jo en sær form for humor. Jeg mener, man skal jo op på stenen for at se den ‚hemmelige' trappe". Freedo og Ullyses lo.

„Findes *Trappen* stadig?" spurgte Molly, „Altså organisationen?". Ulysses fik et hemmelighedsfuldt udtryk i øjnene. „Måske," sagde han, „måske".

Molly fortalte Justine om den hemmelige organisation *Trappen* den næste dag; bogen fortalte hun stadig ikke noget om. „Han virker lidt hemmelighedsfuld, ham Ulysses," sagde Justine. „Måske kan vi finde noget på biblioteket om den organisation," foreslog Molly. „Ja smut du bare op og spørg din veninde Djur - du ved jeg får udslæt af alle de gamle bøger". Molly smilede ved tanken om at selv om Justine lånte *Trappernes hus* bogen af hende, ville hun næppe kunne koncentrere sig længe nok til at læse den alligevel. *Så kan jeg jo ligeså godt beholde den for mig selv.*

Frk. Djur kendte ikke noget til en hemmelig organisation der hed *Trappen*, men hun fandt nogle bøger frem til Molly der handlede om hemmelige selskaber. „Hvis den findes, bør den være nævnt i denne her," sagde frk. Djur og pegede på den tykkeste af de 3 bøger hun havde fundet. Molly satte sig i læsesalen med bøgerne, og begyndte at bladre dem igennem. Der var mange spændende hemmelige organisationer, men ingen hed *Trappen* og havde 4 bøger i deres symbol. Hun afleverede lettere skuffet bøgerne til frk. Djur igen. *Endnu en blindgyde, Ingen Trappen, ingen forklaring på madam Piriths forandring, ingen forklaring på … Erwin*, tænkte hun. Hendes tanker vendte hele tiden tilbage til Erwin. Han havde været så venlig og imødekommende, dengang han var på SteamWorks, men i Germania var han kold og afvisende. *Og jeg gider ikke tænke på det mere*, sukkede hun i sine tanker.

I de uger der fulgte, begyndte et mønster at danne sig. Molly bar rundt på sin „tunnelbog" hele tiden, hun besøgte frk. Djur ofte og lånte en masse bøger. Justine kom forbi efter skole og de eksperimenterede med forskellige bøger.

De fandt ud af at Molly skulle have ro og tid til at koncentrere sig, for at kunne „gå ind" i en bog. De fandt ud af at hun hurtigere kunne lære skolesager ved at „gå ind" i fagbøger. Hendes tøj og bogen hun læste, forsvandt sammen med hende, men hun havde dem ikke „med ind" - bogen definerede hvad hun var, og hvordan hun var klædt, inde i den. Selv om hun holdt Justine i hånden, mens hun læste var det stadig kun Molly der kom „ind". Mange forskellige bøger blev prøvet, men de fandt ikke andre der „flyttede" på Molly, eller havde andre effekter ligesom „tunnelbogen". Molly havde ellers spurgt frk. Djur specifikt om bøger med folk der rejser til Yucata. Justine mente at det var farligt at prøve: „Tænk hvis du lige pludselig kommer ud i Yucata, hvordan skal du komme tilbage," men Molly måtte bare prøve. Tænk om hun kunne finde sin far på den måde.

Selvom de eksperimenter ikke bar frugt, blev Molly mere og mere besat af at læse og bruge sin „evne". Hun fandt at på den måde kunne hun undgå at tænkte på hendes far, mor, madam Pirith og især undgå at tænke på Erwin. Frk. Djur kom på overarbejde med at mætte Mollys appetit på alt hvad der kunne aflede hende.

Selv Justine endte med at blive irriteret over at det var det eneste hun beskæftigede sig med. Lidt efter lidt blev hendes besøg sjældnere. Alan så de alligevel aldrig da han brugte alt sin tid sammen med Freedo i laboratoriet. Ichi gik rundt og surmulede. Han var utilfreds med at det ikke var ham, Alan havde inviteret med til Germania. Justine havde nu heller ikke ingen intentioner om at inkludere flere nørder i sin omgangskreds. *Alan er mere end nok*, smilede hun for sig selv. Hun overvejede næsten at prøve at blive venner med Elena Yale. *Så desperat er jeg alligevel ikke*, tænkte hun, *Molly kommer nok over det.*

Som tiden gik blev Molly mere og mere afhængig. Det gik ud over hendes udseende. Hun fik rande under øjnene, hendes hår så mat og uvasket ud, hendes hud fik et gustent skær.

En dag kom Freedo hjem fra arbejde og proklamerede: „Vi har

lavet en fuldt virksom ALE". Molly så mat og uinteresseret på ham. „Hm," sagde hun. Han var selv ret begejstret og prøvede at forklare: „En Aritmetisk Logisk Enhed? Vi kan lave rigtige beregninger med den". Molly rystede på hovedet. Hun trissede ind på sit værelse for at ‚gå ind' i endnu en bog. Freedo så bekymret efter hende.

Nye kridtbeskeder dukkede op. Molly ænsede hverken dem eller noget andet. Hun kunne nok have blevet i denne tilstand hvis ikke noget havde rusket op i hende.

KAPITEL 16

Far... og Mor

Det noget ventede på hende, en dag hun kom hjem fra skole, parat til at tilbringe eftermiddagen på værelset med endnu et sæt bøger. Hun overså næsten brevet der var halvt dækket af Freedos avis. Adressen var skrevet med en skrift, hun kendte. En skrift hun kendte rigtig godt. Sin fars.

Brevet var adresseret til Freedo, men Molly var ligeglad. Hun flåede det op og læste.

Min kære bror,

Jeg håber dette brev når dig og Molly ved godt helbred. Siden jeg blev reddet fra min tilbageholdelse ved Magyarerne i Yucata junglen, har jeg ikke tænkt på andet end at få skrevet til jer. Min læge insisterede på at jeg skulle komme til kræfter, men jeg fik ham endelig overtalt til at give mig pen og papir. Du vil ikke tro det - jeg fandt beviser på Maries teori, men jeg får brug for hendes journaler; du ved dem du har i din hemmelige „krypt". Jeg vil komme hjem så snart som muligt.

Fortæl Molly at jeg elsker hende.

Din bror,
Kyo Gabe

Molly læste den sidste linie igen. Tårer samlede sig i hendes øjne. *Far er i live!* Hun kunne næsten ikke tro det. Hun knugede sin „tunnelbog".

Hun læste brevet en gang til. Specielt det om sin mors journaler. *Hvor har onkel en „krypt"?* Hun huskede revnen i væggen i Freedos arbejdsværelse, og det svage vindpust. Det var noget der bare skulle undersøges NU. Hun gik med resolutte skridt hen mod døren til arbejdsværelset.

Arbejdsværelset lignede sig selv, men var alligevel nu pludseligt som fyldt med mystik. Hun gik hen til reolen og lod sin finger løbe langs revnen bag reolen. Molly undersøgte reolen for at se om hun kunne finde ud af, hvordan man åbnede „krypten". Hun rykkede i et par bøger, men der var ikke noget der virkede. *Heldigvis er der andre metoder*, tænkte hun og åbnede sin trofaste „tunnelbog".

Hun havde lidt svært ved at samle sig fordi hun var spændt og ophidset, men til sidst hævede linierne sig langsomt op til hendes øjne og hun forsvandt ind i bogen endnu en gang.

Endnu en gang kravlede hun igennem den samme tunnel, og da hun stak hovedet op på den anden side, rejste hun hovedet og bogens virkelighed svandt langsomt ind igen.

Det lille lokale var mørkt, men den smule lys der trængte igennem revnen, skar igennem lokalet og ramte et skrivebord der stod op mod væggen overfor. Hun undersøgte det hurtigt. Den øverste skuffe var en lille smule åben.

I skuffen fandt hun et antal stivryggede hæfter.

Hun åbnede den øverste, og udstødte et suk da hun genkendte den sirlige skrift. *Marie Wiebds dagbog 1927,* stod der. Ikke hendes journaler, men meget mere spændende.

Hun så hurtigt igennem de andre, indtil hun fandt den fra 1930. Hun bladrede op på første side.

Tirsdag, 5 januar:

Aviserne er stadig fulde med artikler om mig. Kyo prøver at sige at det ikke betyder noget.
Molly sover uroligt om natten. Mon hun kan mærke, hvordan jeg har det?

Molly fik nærmest et lille stød af at læse sit eget navn, printet med hendes mors skrift. Hun bladrede ivrigt frem til den sidste side der var skrevet på.

Torsdag, 10 marts:

Jeg holder det ikke ud. I dag da jeg gik på gaden var der op til flere folk der vendte sig efter mig og pegede.
Jeg venter hele dagen på at Nannie kommer med Molly, og Kyo skal komme hjem.
Mit arbejde falder fra hinanden. Jeg kan ikke koncentrere mig.

Der stod ikke mere.

Det var dagen inden hun døde. Molly havde håbet at få lidt mere at vide. Hun overvejede om hun skulle læse alle dagbøgerne fra starten af.

Freedo ville snart komme hjem, og så skulle hun helst være langt væk fra „krypten" på sit værelse.

Hun tog en dyb indånding, bladrede et par sider tilbage, og sænkede sit blik mod bogen. Bogstaverne begyndte at vibrere og hun lod dem hæve sig op fra siden, for at møde sine øjne.

Hun så på en sovende lille piges ansigt. Det gik op for

hende at det var hende selv i en yngre udgave. Hun så ned af sig selv. Det var ikke hendes normale krop. Hun var sin egen mor.

De bøger hun havde prøvet at gå ind i sammen med Justine, havde været fiktioner eller fagbøger, og det fungerede åbenbart anderledes når de var personlig oplevede og i jeg-form. Det her var mere lidt ligesom den første bog, den med bøflerne. Derudover var hun overvældet af en forfærdelig hovedpine.

Hun følte sig deprimeret, træt og formåede kun med anstrengelse at smile til det lille ansigt, hun stod og så på. Hun mærkede en bølge af kærlighed og ømhed drive i retning af det lille ansigt.

„Bare det hele kunne ende", tænkte hun. „Det ville være bedre for Molly, det ville være bedre for Kyo". Hun fik en meget underlig fornemmelse af at nævne sig selv ved navn. Hun aede stille hunden der gned sig imod hende.

Hun gik ind i et andet værelse. Væggene var dækket af reoler fyldt med bøger. En overvældende følelse af déjà vu, fyldte hende. Et eller andet sted kunne hun huske dette værelse. Altså Molly, ikke Marie. Det var ikke til at finde ud af om, det var sine egne følelser eller sin mors der kæmpede inde i hende.

Hun satte sig ved et skrivebord og åbnede sin dagbog. Hun skrev:

Tirsdag, 5. Januar:

Aviserne er stadig fyldt med artikler om mig.

Hun var ved at skrive det, hun lige havde læst. Det

svimlede for hende. Hun havde opkastningsfornemmelser.

Under dagbogen lå en avis. En af overskrifterne sagde: „Forskere fra Juvenheim undsiger kontroversiel teori". En tåre faldt fra hendes øje på avisen. Hun havde allerede læst artiklen der kun gentog hvad hele verden efterhånden sagde om hende. „Marie Wiebd Gabe er en charlatan. Hendes latterlige teori har ikke bund i virkeligheden".

Det kunne ikke vare længe, inden SteamWorks stoppede hendes forskning. Kyo prøvede at være en støtte, men hun kunne mærke at selv han tvivlede på hendes teori. Hun tvivlede endda selv på den efterhånden. Det havde virket så oplagt der havde været så mange tegn. Hun havde fundet tegn på bøger i så mange forskellige kulturer, i myter allevegne. Det der havde virket så oplagt, virkede nu utroværdigt og forkert. Hun kunne ikke håndtere at have taget fejl.

Og Molly der ellers altid var et smilende barn, sov uroligt om natten og græd usædvanligt meget. Hun kunne ikke klare det mere.

„Jeg kan ikke være alt for alle".

Pludselig gled virkeligheden sammen i en underlig uklar tåge. Det var som fast forward. Da det klarede op igen, sad hun igen ved bordet, med en ny avis. Denne gang var datoen d. 10 marts. Hun var lige kommet hjem fra at have luftet hunden. Der var folk der havde set efter hende.

Hun skrev sin sidste sætning i dagbogen. Hendes sind var helt formørket. Erwin var tabt. Der var ingen fremtid, selvom far kommer hjem. Selvom Kyo kommer er det helt håbløst.

En ny fast forward bringer til en ny dag.

Hun er på loftet. Hun tager en stol og stiller den midt på gulvet. Molly kan mærke sin mors tanker. „Jeg vil ikke mere". „Slip mig ud". Deres tanker flettes sammen og hun er fanget i rædslen. Samtidig begynder skjulte minder at røre på sig.

Hun sætter sig på stolen, og der er pludselig en kniv i hendes hånd. „I dag kommer Kyo tidligt hjem og Nannie kommer sent med Molly".

Men netop den dag var Nannie kommet tidligt og havde afleveret Molly på sit værelse.

Molly prøver at forhindre det, men det er jo allerede sket og...
Blod. Det drypper på gulvet. Rødt. Der bliver mørkere. Døren bliver skubbet til side. Hunden kigger ind. Den løfter næsen. Hendes hoved falder ned på hendes skulder. Det bliver mørkere. Hun mærker hundens snude ved sit håndled. Molly prøver at skrige, men det bliver bare endnu mørkere. Hun ved hvad der sker nu.

Molly har hørt noget på loftet. Hun er gået op for at se hvad det er. Hun åbner døren og skriger. Hundens snude er rød og den slikker på hendes mors livløse krop der er sunket sammen på stolen. Tiden står stille.

Kyo finder Molly stående i døråbningen. Han tager hende i sine arme og bærer hende nedenunder.

Men dette sker først senere. Mørket er ved at omfavne hende totalt. „Hvad skete der med hunden?" undrer Molly sig, mens hun forsvinder i en spiral, dybt, dybt ned i mørket.

Molly vågnede i den mørke krypt og så sig omkring. Hun følte det som om hun havde fået et slag i ansigtet. Efterveer af hendes mors mørke følelser flakkede om i hendes hjerne.

Hendes øjne havde vænnet sig til mørket, og hun kunne nu skimte lysknappen på væggen. Hun rejste sig, og skruede op for lyset. Da gasflammer sprang frem, blev hun blændet. Langsomt vænnede hendes øjne sig igen til lyset og hun kunne se enden af rummet. Hun gispede. Væggen var fyldt med billeder, breve og udklip. Alle billederne var af hendes mor. Hendes hoved dunkede, minderne fra dagbogsoplevelsen vendte tilbage. Samtidigt gik det op for hende at - *onkel Freedo elskede min mor! ...måske, måske hvis hun havde vist det?* Hun rystede det af sig igen - hun havde lige følt sin mors følelser, og det mørke i hendes sind var ikke så let at skabe lys i.

Hun gik tættere på væggen, og læste nogle af artiklerne. De var alle ordnet i kronologisk rækkefølge, og hun læste om Maries karriere i små glimt. Der begyndte at komme kritiske artikler og så kom nekrologerne. Dem læste hun ikke. Til sidst kom der 2 underlige artikler om nogle dødsulykker i Germania. Navne på nogle ukendte personer som hun ikke kendte.

Pludselig hørtes skridt inde i Freedos kontor. Hun så sig omkring. Der var ingen steder at gemme sig.

Freedo åbnede den hemmelige dør, og Molly stod med et fjoget halvt smil midt i rummet. Han så mere forskrækket end vred ud. „Molly…", sagde han. Molly tænkte at det bedste forsvar måske var angreb. Hun tog mod til sig og spurgte „Elskede du min mor?". Freedo nærmest krympede. Han undveg hendes øjne og så dagbogen der lå åben på kommoden. „Har du… læst den?" hviskede han med bekymring i stemmen, og så på hende igen. Hun så ham direkte ind i øjnene. „Ja", sagde hun roligt.

„Molly, mit barn, du må ikke tro…". Han sank noget. „Du må ikke tro at din mor ikke elskede dig". Tårer samlede sig i hans øjne. Molly kæmpede med sine egne tårer. „Jeg ved det", sagde hun. Heldigvis havde hun ikke bare læst dagbogen, men været inde i den. Hun vidste at hendes mor elskede hende over at i verden, men at nogle gange er mørket i menneskers sind, mere end de kan bære. Hun var lige ved at fortælle det hele til Freedo, sin evne, stolen, hunden og døren, men nøjedes med at sige „Jeg ved det" en gang til.

Han omfavnede hende, og de stod tavse i lang tid. Freedo spærrede pludseligt øjnene op. „Hvordan fandt du den hemmelige dør, og den knap der åbner den?" spurgte han vantro. Molly smilede listigt og svarede „Ja, det kunne du lide at vide". Freedo skulle til at spørge yderligere, men Molly afbrød ham ved at se på ham og spørge „Onkel, havde vi en hund?". Han nikkede. „Hvad skete der med den?" spurgte hun.

Han sukkede. „Den blev aflivet, fordi den havde fået en parasit. *Toxoplasma gondii,*" tilføjede han som om at Molly ville vide hvad det var for noget. „Jeg kan ikke huske den", sagde Molly. „Du var ikke så gammel", sagde Freedo og håbede at Molly aldrig ville huske hvad hun havde set. I Mollys hoved stod episoden helt klart og hun overvejede om det var derfor, hun var bange for dyr.

KAPITEL 17

Sandhed og konsekvens

Da Molly så Justine den morgen, følte hun sig lidt flov. Hun havde vist ikke behandlet sin bedste veninde pænt. Hun fik sig til sidst listet hen til Justine.

„Hej," sagde hun stille. „Hej," sagde Justine, men med en mine der viste at hun ikke helt var o.k. med Molly.

„Jeg ved godt jeg har været en idiot - kan du ikke tilgive mig? Du er min bedste veninde," sagde Molly. Justine drejede hovedet og så på hende. Så bredte der sig et smil over hendes ansigt.

„Hey, du er tilbage," sagde hun, „Selvfølgelig tilgiver jeg dig. Altså hvis du lige lægger den der forbistrede bog fra dig". Molly stod stadig med „tunnelbogen" i hånden. „Ja, selvfølgelig," sagde hun og puttede bogen i sin taske. Hun havde nærmest haft den i hånden konstant de sidste par uger, så hun havde ikke engang selv bemærket at hun bar den.

„Nå, hvad er så nyt?" spurgte Justine. Molly kunne mærke den gamle venindefølelse boble op i sig, og hun havde så mange ting at fortælle at hun næsten ikke vidste hvor hun skulle starte.

„Min far kommer hjem!" sagde hun. „Din far?" spurgte Justine,

„Var han ikke forsvundet?". „Jo, han var blevet taget til fange af nogle vilde indfødte ovre i Yucata, men nu er han sluppet fri og på vej tilbage". Hendes stemme ændredes til en fortrolig hvisken „Jeg har også fundet ud af at min onkel var forelsket i min mor". Justine spærrede øjnene op. „Hvad så med din far?". „Ja, han er jo onkel Freedos bror, så det kunne der jo ikke blive noget af". Molly kom i tanke om noget. „Det er noget værre rod, for vores husholderske madam Pirith, var forelsket i min onkel der elskede min mor. Og nu er hun taget til Germania og blevet leder af hele landet!".

Hendes veninde så helt vred ud. „Det er sgu ligesom min far. Han kom ikke ud af busken overfor hende nabopigen, og i stedet fik han mig". Hun så lidt forvirret ud. „Øh, lige meget, det jeg mener er at man kan ligeså godt komme ud med det hvis man er forelsket i nogen. Så kan man enten leve lykkeligt med sin elskede eller få et nej og komme videre". Molly nikkede.

Justine så pludseligt meget beslutsom ud. „Vi må konfrontere Alan, med sin tåbelige besættelse af dig. Han er vores ven, og jo før han kommer sig over det, jo bedre".

Molly så tvivlende på hende. „Hvorfor skal Alan, den stakkel, nu blandes ind i det her?". Justine var ikke til sinds at høre på fornuft. „Efter skole opsøger vi ham og får ordnet det bøvl". Molly sukkede. Justines fikse ideer bragte sjældent noget godt med sig.

De 2 piger passede „drengen der ikke var forberedt på hvad der skulle ske nu", op efter skole hvor han som sædvanlig var på vej op til Freedos laboratorium.

„Ah, Hej Molly. Hej Justine," sagde han. Justine stillede sig foran ham med sin mest bistre mine. „Så, Alan Dorton, nu er sandhedens time kommet," proklamerede hun alvorligt.

Alan så forvirret ud. „Øh, sandhedens time?". Han så på Molly. Hun nikkede, men så langtfra lige så selvsikker ud som Justine der fortsatte „Det skaber alt for mange problemer med uudtalt kærlighed. Så her kommer det: Molly er altså ikke interesseret i dig. Vi ved at du er helt vild med hende, men der er ikke noget at komme efter. Men vi vil stadig gerne være dine venner".

Alan så endnu engang på Molly. Man kunne se at sætningerne lige skulle sive ind. Tårer begyndte at samle sig i hans øjne og så skreg han af grin. Molly og Justine måbede.

„I troede…haha," han hev efter vejret, „at jeg," men et nyt latteranfald overmandede ham.

„Det gik bedre end forventet," sagde Molly til Justine, mens Alan fortsatte med at grine. Justine så helt fornærmet ud, og dette fik Alans grineflip til at fortsætte endnu længere end det ellers ville have gjort.

Da hans latter var blevet reduceret til fnisen og han endelig kunne tale normalt igen, sagde han „Jeg troede at I vidste," han så flov ud, „at jeg er godt kan lide Isaac…". Justine fik et vildt udtryk i ansigtet, „hvorfor hulen inviterede du hende så med til Germania i stedet for din bedste ven Ichi?".

Alan blev rød i hovedet. „Øh, det er rigtigt at Ichi er min ven… men altså…", han så fra Molly til Justine, „…jer to, I er mine bedste venner". Han så ned i jorden. Molly lagde en hånd på hans skulder. „…og jeg kunne jo kun invitere en, og siden det var Mollys onkel der gjorde det muligt at jeg vandt…". Han lavede en cirkelbevægelse med sin fod.

Justine fik igen et stædigt udtryk i øjnene. „Så må du fortælle Isaac at du er forelsket i ham". Hun havde åbenbart bestemt at sandheden SKULLE frem. Alan blev helt hvid i ansigtet, og stammede „Ne-ne-nej jeg er ikke…øh…". „Som jeg sagde: uudtalt kærlighed skaber for mange problemer. Vi skal nok støtte dig," sagde Justine, og greb hans overarm. „Jeg så Isaac på vej til biblioteket". Modvilligt lod Alan sig føre og Molly fulgte efter.

De overraskede Isaac med et stykke kridt i hånden på vej væk fra biblioteket. På den lille sidedør stod der med store bogstaver: JUWERNE ER DEM DER IKKE BLIVER BESKYLDT FOR INGENTING. „Så det er dig der skriver overalt?" sagde Justine. Isaac lignede det han var, en der var blevet fanget med fingrene i kagekrukken. Alan spurgte undrende: „Er du ikke kommet dig over konkurrencen endnu?".

„De idioter gjorde grin med mig. Der var ikke noget i vejen med Elenas - øh, mit projekt". Molly rystede på hovedet, „og så tager du en grusom hævn ved at skrive på væggene her?". Han så vredt på hende. „Du var der jo selv!" vrissede han.

„Ligemeget," sagde Justine, „Alan har noget han vil fortælle dig". Alan så forskrækket ud, „øh, vil og vil…". Justine puffede ham frem. Isaac så mistænksomt på ham.

Alan vred sine hænder og så ned i jorden. „Øh, du Isaac?". „Ja?". Alan løftede hovedet og så ham i øjnene. „Jeg… Jeg kan godt -øh-lide dig". Isaac stod som en stenstøtte. Det varede lidt, inden han forstod.

„Du er… du er bøsse?!?" sagde han mistroisk. „Nej, NEJ," sagde Alan, „Jeg er ikke…". En grumt smil bredte sig på Isaacs læber. „Ah, vent til jeg fortæller ALLE det". Han drejede hovedet og overvejede hvordan han kunne udnytte dette maksimalt. „Det bliver fantastisk". Alan sank sammen. Han vendte sig og halvløb væk. Molly så efter ham, og så tilbage til Isaac der fortsat var ved at finde ud af hvordan han kunne bruge sin nye viden til at gøre mest skade. Molly kogte af raseri, men der var ingen sammenligning med Justine. Hun greb Isaacs håndled og snurrede ham rundt, så hun kunne se ham ind i øjnene.

„Du siger ingenting, mester," sagde hun overbevisende. „Hvem var det lige der tog en dreng med til Germania? Hvis du overhovedet siger et pip, skal vi nok fortælle at dig og Daniel lavede - hvad skal vi sige? - spændende ting på hotellet". Molly indskød „og jeg skal nok bakke ham op, endda påstå at Alan er min kæreste hvis det kommer til det". Isaac så fra den ene til den anden. „I skal ikke true mig," råbte han. „Vred lille bøsse," sagde Justine. Isaac så forskræmt på hende. „Bøøøsssee," sagde Molly hånende. Isaac så sig rundt for, om nogen hørte dem.

„O.k., I får det som I vil have det," sagde han rasende. Han brækkede sit kridt, smed det hårdt på jorden. „Sagde du at det var Elenas projekt?" sagde Molly, „så er du jo bare ligesom hendes papegøje". Justine lo højt. „Elenas papegøje, Elenas papegøje," råbte hun. Isaacs ansigtsfarve skiftede fra rød til mørkerød. Han vendte sig mod Justine og tog et skridt frem. „Bøøøøssee," sagde Molly igen. Han lignede pludselig en lille dreng da luften gik ud af ham. Den lille dreng tog modvilligt sin taske over skulderen, og gik skumlende væk.

Næste morgen på vej til skolen, tog Molly elevatoren til Alans etage. Hun var lidt bekymret for ham efter episoden med Isaac. Justine havde forsikret hende om at han ville klare sig, men Molly havde en mærkelig fornemmelse i maven.

Alans mor, Ethel Dorton, lukkede hende ind. „Du kan bare gå ind på hans værelse". Molly gik hen til Alans værelse og bankede på. Der var ingen reaktion. Hun åbnede forsigtigt døren. „Alan?" sagde hun.

Værelset var dunkelt. Over sengen hang Horatio Creeds gravsten. En ubevægelig masse lå under dynen. På sengebordet stod et æble der var taget en bid af. Værelset lugtede af bitre mandler. Molly mave snørede sig sammen. *Ikke Alan, ikke også ham*, tænkte hun og greb fat i dynens hjørne. Hun løftede den forsigtigt. En stor bamse så op på hende med et stort smil.

„Molly?!" sagde Alan der kom ud fra sit badeværelse. „Jeg var lige ved at lave et kemiforsøg ude på badeværelset". Molly åndede lettet op. Alan smilede. „Min mor siger at jeg har en alt for lemfældig omgang med kemikalier". Molly smilede også. „Jeg troede at du ville være helt nede efter det med Isaac".

Alan kløede sig i håret. „Det var jeg egentlig også først, men så var det lige pludselig en stor lettelse. Jeg har jo inderst inde godt vidst hvordan han var. Og du havde sikkert ret i Germania at det var ham der ødelagde mit projekt, jeg ville bare ikke indse det".

Molly gav ham et kram. „Så længe du er o.k., så er alting godt," sagde hun. Alan trak hovedet tilbage og så hende i øjnene. „Jeg kan også godt lide dig," sagde han alvorligt. Hun gjorde sig fri og sagde leende „Kom nu ikke for godt igang". Han trak på smilebåndet, netop som hans mor stak hovedet ind til dem.

„I må hellere komme med til det auditoriet, Ulysses Creed har noget han vil sige til alle ansatte og pårørende". De så på hinanden. *Hvad var der mon sket?* „Din onkel er der nok allerede," sagde Fru Dorton til Molly da de gik ud af døren.

KAPITEL 18

Krigstrommer

Nede ved tavlen på podiet stod Ulysses Grant og Monty Way. Ulysses gik uroligt frem og tilbage, mens Monty Way stod og betragtede de folk der kom ind og langsomt fyldte auditoriet. Alle havde åbenbart fået det at vide da det så ud som om at hele SteamWorks var samlet her. Selv Inga Djur var kommet og der skulle alligevel lidt til for at hun forlod biblioteket inden arbejdstids ophør. Folk var alle lidt urolige og de sad og snakkede om hvad der mon kunne være på færde. Da det ikke så ud som om at der ville komme flere, trådte Ulysses frem og det fik snakken til at forstumme.

„Mine ansatte, mine venner og jeres familie! Germania har sendt en masse tropper til grænsen imod Polonia. Vores premierminister Roomney har informeret den tyske ambassadør om at Britannia ser meget alvorligt på den sag".

„Germania, Italia og Nihon har lavet en alliance som de kalder Spiral Alliancen. Der er desværre mange tegn på optræk til krig". Folk så på hinanden. Mange kunne huske Den Sorte Krig og hvor frygtelig den havde været. Alle havde sagt „Aldrig mere" efter den, men det så ud som om at der var nogen der ikke havde lært noget.

„Som firma er SteamWorks nødt til at tage forholdsregler. Vi havde forudset noget i denne retning og havde allerede taget nogle skridt for at forhindre spioner, specielt fra H. F. Grauton i at stjæle noget af vores knowhow. Vi vil tage yderligere skridt til at passe på spioner fra et hvilken som helst Germanisk, Italisk eller Nihonesisk firma". Molly så på Freedo, men han var fuldstændig opslugt af Ulysses' tale.

„Da vi desværre er nødt til at forberede os på krig, har PM Roomney indkaldt alle officerer i reserven, deriblandt mig selv. Jeg skal rapportere tilbage til min gamle eskadrille ‚Ørnene'. Jeg overgiver hermed ledelsen af SteamWorks til min trofaste vicepræsident Monty Way". Monty strålede som en lille sol. Hans største ambition havde altid været at blive præsident for SteamWorks, og selvom omstændighederne ikke var de bedste, havde han endelig nået sit mål.

„Tak for jeres indsats under min ledelse, jeg håber at I vil fortsætte med det gode arbejde under Monty og gøre SteamWorks til et fyrtårn der vil kunne hjælpe Britannia til at undgå denne krig, eller vinde en eventuel krig hurtigt og uden tab af alt for mange menneskeliv".

„Gud bevare os alle. Tak," afsluttede han. Auditoriet var dødstille. Alle skulle lige fordøje hvad der var sket. Så steg den sædvanlig mumlen op igen, og alle begyndte at snakke sammen om hvad der ville komme til at ske. Molly så sig om efter Justine, men folk havde allerede rejst sig og var på vej ud, så alt var kaos og det var næsten umuligt at finde nogen i det virvar. Freedo tog hendes hånd og trak hende op mod døren.

Uden for auditoriet fandt Molly hurtigt Justine der havde ventet på hende. Justine rullede med øjnene. „Hvad har de germanere gang i?" spurgte hun. „Jeg ved det ikke," sagde Molly. Hun var bekymret for Erwin, selv om han havde opført sig forkasteligt. *Hvis der er krig,* tænkte hun, *så er det de unge mænd der udkæmper den. De gamle sidder og flytter med brikker på kort, mens de unge mænd er på krigsmarken.* Justine så hendes bekymrede blik. „Kom," sagde hun, „Vi må tilbage i skolen. Det hjælper nok at tænke på noget andet". Sammen gik de over til deres historietime der var blevet forsinket af stormødet i auditoriet.

Harry Seldom kom ind i lokalet lettere forpustet. Han virkede forandret, eller måske var han bare rystet over udviklingen i Germania. Han vendte sig mod klassen.

„I lyset af den seneste udvikling, tror jeg vi skal snakke lidt om den Sorte Krig". Han så alvorlig ud. „De fleste historikere er enige om at den Sorte Krig blev udløst ved mordet på Ærkeprins Franz Josef af Hungaria. Morderen var fra Sclavenia, og Hungaria erklærede krig mod Sclavenia. Dette ledte til at Britannia og andre der var allierede med Sclavenia erklærede krig mod Germania der befandt sig i en alliance med Hungaria (og nogle andre mindre lande)"

Han gik frem og tilbage ved tavlen, mens han kløede sig i håret. „Tidligere krige havde været mere lokalt baseret med ganske få lande involveret, men den Sorte Krig kom til at involvere næsten hele verden". Han så ud på klassen. „Er der nogen der ved hvorfor den kaldes den Sorte Krig, og ikke Verdenskrigen eller Den Store Krig?".

Ingen rakte hånden op. Molly vidste det godt og mistænkte at de fleste i klassen også vidste det, men der var ligesom en fornemmelse af at det ikke var et spørgsmål man skulle svare på.

„Ikke?" sagde han, „Grunden til at den bliver kaldt Den Sorte Krig handler om de våben der blev brugt. Vores firma her, SteamWorks, kan ikke helt sige sig fri for at have en andel i det. Under krigen opfandt vi mange nye forfærdelige våben, og H. F. Grauton på den anden side svarede igen med sine egne opfindelser. Desværre er det et vilkår ved krig at de værste våben vinder".

Han plantede sine hænder på katederet. „På fastlandet mellem Germania og Frankia blev fronten fastlåst. Hærene gravede sig ned og i mere end 2 år fra 1915, kæmpede de med hinanden med de grummeste våben uden at formå at flytte fronten. Omkring 10 millioner mennesker døde i den periode".

Han så helt forbitret ud. „Sikke et forfærdeligt spild af menneskeliv. I 1918 lykkedes det endelig Britannia og deres kumpaner at rykke frem, ved hjælp at deres nye forbedrede tanks. Det var starten på enden for Germania og Hungaria der til sidst måtte kapitulere under nogle elendige vilkår. Men det er jo altid vinderen der dikterer freden".

„Kort inden krigens afslutning døde Horatio Creed. En ironisk sidefortælling til krigen var at han og Hans Friedrich Grauton var gode venner inden krigen, men kort før udbruddet blev de uvenner over den minimerede dampmaskine, og således gik ind i krigen som bitre fjender. Vores egen Ulysses, Horatios sønnesøn, var i eskadrillen Ørnene i det nye luftvåben. Efter sigende skød han Grautons søn, Ernst Grauton som var i den Germanske eskadrille Die Drachen, ned. Det er nu aldrig bevist, men fakta er at Ørnene og Die Drachen begge deltog i et luftslag over Frankia og at Ernst Grauton mistede livet. Hans Friedrich kom sig aldrig over tabet og døde et par år efter krigens afslutning".

Endnu engang så han ud på klassen. „Hvilket bringer os til verden i dag. Manden der leder Germania i dag hedder Meinhard Grauton og er Ernst Grautons søn. Dette forbedrer nok ikke chancerne for at undgå en krig"

Seldon tog et dybt åndedrag for at fortsætte, men blev afbrudt af klokken der signalerede at timen var slut. Han åndede ud, greb sin robe og gik med raske skridt ud af lokalet.

Molly og Justine fulgtes ud på gangen kort efter. „Det var ellers noget af en time," sagde Justine, „Tænk at Ulysses var med i den Sorte Krig". Molly nikkede. „Og han er helt sikket med i den der *Trappen*, måske er han endda lederen".

„Kom her," sagde hun, og de gik ned af en sidegang, væk fra tumulten med alle de mennesker der snakkede om krig. „Pssst," var der en der sagde. De så sig begge omkring. Gemt i et lille indhak stod Ichi. Han så skræmt ud. „Kan I ikke hjælpe mig?" hviskede han, „De vil fange mig og sende mig i lejr, bare fordi jeg kommer fra Nihon. Det her er jo mit hjem nu, jeg ville da aldrig gøre noget der kunne skade Britannia".

Molly så ham ind i øjnene og troede på ham. Ham og Alan havde jo også været venner længe, så det var svært at se hvad trussel Ichi skulle udgøre. „Vi må få ham ud," sagde Molly til Justine.

„Nix, pige, Montresor har selvfølgelig sørget for at der er ekstra vagter ved døren, så det bliver lidt svært," sagde Justine. Hun tænkte sig om. Så fiskede hun en nøgle frem. „Her," sagde hun, „det er min hovednøgle, så kan du snige dig ud af en af lastedørene". Ichi så taknemlig ud, tog nøglen og satte den i sit nøgleknippe. Der hang et lille vedhæng ved knippet, med 4 bogssymbolet på. „Hvad har du der!" spurgte Molly bestyrtet og pegede på vedhænget. Ichi rynkede panden og tog det frem, så de bedre kunne se det. „Denne her? Den fik jeg af min far inden...". Han stoppede op i sin sætning. Både Molly og Justine vidste godt at Ichis far var død. Han fortsatte „Han var medlem af en en hemmelig organisation". Molly nikkede. „Ulysses fortalte mig om den. Den hedder *Trappen* ikke?".

Ichi nikkede. „*Kaidan* hed den. Altså *Trappen*. De 4 bøger stammer fra en spøgelseshistorie". „EN SPØGELSESHISTORIE?!?" sagde Molly og Justine i munden på hinanden. „Jaeh...?" sagde Ichi og begyndte:

Der var engang en lille pige der boede sammen med sin far der var en rig godsejer. Hendes mor var død da hun blev født, men hun havde en kærlig guvernante der passede hende. En dag ansatte hendes far en lærer til at undervise pigen. Denne lærer var stor og mørk, og havde en mystisk effekt på pigens guvernante. Hun rystede når han var nær, og hvis de var alene behandlede han hende skidt. Hvis der var andre mennesker i nærheden var han elskværdigheden selv, men kun lige til de blev alene. Den lille pige måtte se sin guvernante blive mere og mere ulykkelig. Til sidst blev hun syg og døde. Kort efter rejste læreren videre.

Der begyndte at ske mærkelige ting på godset, lys blafrede selvom ingen vind rørte sig, porcelæn faldt på gulvet og knustes af sig selv og de ansatte begyndte at snakke om skygger i spejlene. Folk blev mere og mere urolige og den lille piges far søgte råd hos en lokal præst. Præsten troede at det var guvernantens ånd der hjemsøgte dem. „De døde kan være meget mægtige og kraftfulde," sagde han. Han var bekymret for den lille pige da ånder gerne vil leve igen, og måske ville guvernanten forsøge at besætte pigen. „Hvad kan jeg gøre?" spurgte faren fortvivlet. „Jeg kender en," sagde præsten og sendte bud.

Et par dage efter dukkede en spinkel mand op. Hans hår var langt og lyseblondt. Han havde en lædertaske i hånden. Den lille pige så manden gå med sin far ind på kontoret, for at diskutere sagen. Straks mærkede hun en kølig hånd i sin nakke. Hun snurrede rundt men der var ingen der. Den blonde mand kom ud og så på den lille pige. Han smilede. Op fra sin taske tog han en bog som han åbnede og lagde på gulvet. Så begyndte han at messe på et ældgammelt ukendt sprog. Han gik i trance. Der dannedes en hvirvelvind i rummet med center i bogen. Ting begyndte at hvirvle rundt i rummet. En klagende stemme rejste sig. Pigen blev suget nærmere bogen og en skygge gled ud af hende. Den forsøgte at holde fast i hende, men til sidst blev den suget ind i bogen der smækkede sammen. I det samme forsvandt hvirvelvinden og tingene faldt til jorden.

Den blonde mand rejste sig, kørte en hånd gennem sit lange hår, smilede og samlede bogen op. Da han puttede bogen tilbage i tasken kunne den lille pige se 3 andre bøger. Alle bøgerne havde en overnaturlig glød.

Legenden siger at den blonde mand havde fanget fire spøgelser i fire bøger. Engang vil den mørke mand komme og sætte spøgelserne fri fra bøgerne, og så må den blonde mand kæmpe med ham, mens jorden går under.

Justine og Molly så på drengen fra Nihon. Så så de på hinanden.

„Endnu en historie med bøger," sukkede Justine, „Jeg kan efterhånden godt forstå det der *Trappen* værk, altså at de tror at der er noget om snakken med så mange forskellige historier om magiske bøger". Molly holdt sin mund. Hun havde stadig ikke lyst til at indvie nogen i sin opdagelse, det var slemt nok at Justine havde opdaget hendes evne. Justine var måske nok hendes bedste ven, men Molly var i tvivl om hun kunne holde på den hemmelighed.

„Hvad med din mor?" spurgte Justine pludselig. Ichi fik et mærkeligt udtryk i ansigtet. Han rakte som i trance om på ryggen for at klø sig et sted mellem skulderbladene som han alligevel ikke kunne nå, mens han rystede på hovedet. „Hun forlod mig og min far da jeg var 2 år eller sådan noget. Jeg kan slet ikke huske hende. Min far kaldte hende for Dragedamen". Han smilte ved mindet om sin far. „Det var forøvrigt min far der arrangerede at jeg kunne komme hertil SteamWorks og studere. Jeg tror faktisk det var nogle forbindelser i Kaidan der hjalp ham". Molly fik en ide. „Så må Ulysses Creed da også kunne gøre noget for at du kan blive her". Ichi så spørgende ud. „Vi tror han er leder af den lokale afdeling af *Trappen*, måske var det endda ham din far kendte," sagde Molly. „Jeg prøver at tale med onkel Freedo om det, så han kan kontakte Ulysses. Men først må vi få dig i sikkerhed. Frk. Djur bor oppe på bakken uden for SteamWorks bygningen, og hun vil nok lade dig overnatte der".

Justine og Molly tog Ichi med til den bageste del af bygningen hvor lasteelevatorerne var. I den kolossale bygning var den bageste del mest brugt af servicepersonale der tog sig af post, varer og alt muligt andet. SteamWorks ansatte og deres familier forlod sjældent den kolossale bygning, så alle fornødenheder skulle således bringes ud til lejlighederne.

Elevatoren var større og mindre luksuriøs end dem de sædvanligvis brugte. Den knirkede også mere, eller også var det noget de forestillede sig. På 5 etage stoppede den, men da dørene åbnede var der ingen på etagen. De åndede lettede op da den kørte videre. „En etage mere," sagde Justine da de passerede 1 etage. Der var flere etager under jorden, mest til parkering, men de ville ud i stueetagen.

Stueetagen var dunkel, her i den bageste del. De kiggede ud på gangen. Den så tom ud. „Denne vej," sagde Justine og ledte dem til højre, hen til en sidegang. For enden af den gang var der en dør der stod „EXIT" på. „Nu håber vi at nøglen virker denne gang," sagde Molly ironisk. „Blah, Blah," sagde Justine og bad Ichi om nøglen. Han rakte hende sit nøgleknippe. Justine fandt nøglen frem og puttede den i nøglehullet. „Here goes," sagde hun, låste op, og åbnede døren.

Døren åbnede ud til en lille baggård hvor der var en passage til vejen uden for. Desværre stod Theodor Montresor midt i gården med et lumsk smil. „Det er anden gang, unge dame," sagde han til Molly, mens han tog fat i Ichis skulder. „Jeg må hellere snakke et alvorsord med din onkel".

Molly så betænkelig ud, men Justine var rasende. „Ved du hvem min far er?" tordnede hun. Montresor smilede. „Ja da, din far er *konstitueret* leder af SteamWorks". Han fik det til at lyde som en fornærmelse. „Men desværre skal denne her lille Nihoneser forhindres i at lave ulykker". Han ledte dem ind igen og låste døren. Montresor ledte Ichi væk, men inden han drejede om hjørnet råbte han tilbage til Justine: „Løb nu hjem til farmand og græd ud ved hans skulder, og kan du ikke sige til ham at han skal tage den nøgle fra dig?. Jeg er ved at være træt af at finde jer på steder i ikke har noget at gøre". Justine skulle til at råbe noget tilbage, men Molly lagde en arm på hendes skulder. „Lad os gå hjem. Vi kan nok bedre hjælpe Ichi hvis du taler med din far og jeg taler med min onkel".

Molly var nærmest deprimeret da hun kom ind i gangen i sin onkels lejlighed. Voksne kan nogle gange være alt for meget. Bare fordi Ichi kommer fra Nihon, skal han behandles som en fjende. *Hvad med mig?*, tænkte hun, *Min mor var fra Germania, måske er jeg så også spion?*. Hun gik ind i stuen hvor Freedo som sædvanligt sad og læste sin daglige avis. Han så op.

„Nu kan det nok ikke vare mange dage inden din far dukker op," sagde han opmuntrende da han så hendes mine. Da det ikke hjalp, spurgte han „Hvad er der i vejen, Molly?". Hun slog ud med armene.

„Det er Montresor. Han har fanget Ichi og nu vil de sende ham i fangelejr. Bare fordi han er fra Nihon, og fordi Ulysses er paranoid med hensyn til spioner". Freedo rynkede brynene. „Jeg tror nu ikke ligefrem at de sender børn i fangelejr. Mon ikke Ulysses sætter Ichi fri når han hører om det. Theodor kan være meget bogstavelig, forstår du. Han er fra Tjekia," sagde han som om det forklarede noget.

„Ichis far var medlem af den Nihonesiske afdeling af *Trappen*, og det må Ulysses da også tage i betragning," sagde Molly håbefuldt. „Var han det?" sagde Freedo interesseret, „og hvor er hans far nu?". „Han er død, vidste du ikke det?". Freedo smilede forsigtigt. „Jeg kender ikke alle dine venner og deres forældre, Molly. Ichi har jeg hørt om fra Alan, men han har aldrig sagt noget om hans far".

„Kan du ikke snakke med Ulysses selv, onkel?" spurgte hun direkte. Han pulsede på sin pibe. „Ulysses er taget væk, du hørte ham selv. Det bedste er at snakke med Monty om det". Hun trak på skulderen. „Så bare glem det, Justine snakker selv med ham".

Inden Freedo vendte tilbage til sin avis, sagde han „Hvis Ulysses dukker op her, skal jeg nok snakke med ham, men måske kan jeg også prøve at tale med Theodor". „Måske," sagde Molly der begyndte at overveje om hun kunne bruge „tunnelbogen" og sit talent til at få Ichi fri. Måske ville Justine vide hvor Ichi var tilbageholdt.

KAPITEL 19

Brand

Den næste morgen mødtes Molly og Justine uden for elevatoren på skoleetagen. „Fik du snakket med din far?" spurgte Molly som det første. Justine surmulede. „Min far vil ikke gøre noget der går imod Ulysses ordrer". „Måske kan vi gøre noget andet," foreslog Molly listigt. „Hvis du ved hvor Ichi bliver…"

I det samme hørte de en der kom løbende ned af trapperne. „Brand!" lød det. Det var Elena og hun løb som om djævelen var efter hende. „Brand! Brand!" råbte hun. De så hende fortsætte ned ad gangen, mens hun så sig over skulderen ind imellem.

Pludselig hørte de en skinger lyd. Dampsirenerne. Der var virkeligt brand et eller andet sted!

Molly og Justine løb hen mod døren til trapperne der stod åben efter Elenas flugt. Da de nærmede sig kunne de lugte røg. Molly og Justine løb op af trapperne og gled nærmest på en fin kæde af en slags. Den faldt ned af trapperne og de genvandt balancen. De nåede døren og kom ud til en etage der var fyldt med røg.

De gik langs væggen hen mod biblioteket. Ved elevatorerne mødte de Alan. „Er det biblioteket der brænder?" spurgte han. „Vi ved det ikke," sagde Justine. *Vi håber det ikke*, tænkte Molly.

Bibliotekets store dør var lukket, men tyk røg kom ud under den. Der var ved at forsamle sig en folkemængde da de første brandmænd ankom. Montresor ledte dem ud fra elevatoren og instruerede dem om hvor deres slanger kunne monteres på haner.

Nogle stykker med økser løb frem mod de store døre og åbnede dem forbavsende hurtigt. Det var umuligt at se ind i biblioteket for røgen. Et par stykker var allerede smuttet ind. Grotesk nok var biblioteksetagen den eneste hvor der ikke var automatiske sprinklere. Vandet ville med garanti ødelægge alle bøgerne, hvorimod en brand måske kunne begrænses til kun en del af biblioteket.

Molly, Justine og Alan flyttede sig da endnu flere brandmænd ankom. Et par bar på en båre. En sætning skar gennem folkemængdens larm og ind i Mollys ører: „Inga Djur kom til skade i branden". Hun blev grebet af bekymring. Mere mumlen og snak hørtes, og på de få ord hun kunne forstå, fremgik det at frk. Djur allerede var blevet fragtet til hospitalsetagen.

Freedo kom fra en anden elevator, og gik straks over for at snakke med Montresor der var ret optaget af slukningsarbejdet. De store døre var blevet slået på vid gab, og brandfolk løb ind og ud med slanger og spande. Deres pander skinnede af sved som deres sorte hjelme.

En brandmand løn hen til en anden (der så ud til at være lederen) og sagde: „Den er påsat, Montag!". Han pegede mod sidedøren. Ham der åbenbart hed Montag, rynkede panden og gik over mod sidedøren. Molly, Justine og Alan gik med.

Den lille sidedør var brudt op, og Isaacs bitre besked som Molly havde set tidligere: „JUWERNE ER DEM DER IKKE BLIVER BESKYLDT FOR INGENTING," var tværet ud. W'et var næsten væk. Brandmanden undersøgte dørkarmens skader.

„Det ser ud som om han har sprængt den med sin skulder," konkluderede han. „Sig det til de andre, så eventuelle beviser ikke bliver helt ødelagt," sagde Montag til den første brandmand. „Det er en forbrydelse at brænde bøger," sagde han til sig selv. Monty Way kom farende og greb Montag i skulderen. „De må slukke den så hurtigt som muligt, inden branden breder sig til sikringsdørene. Derinde er alle SteamWorks' tegninger og patenter. Det vil være en katastrofe hvis de brænder". Montag så på ham. „Rolig nu, vi har det under kontrol. Desuden ville det være dårlige sikringsdøre hvis de ikke ydede nogen beskyttelse". Monty så ikke beroliget ud.

Molly trak Alan og Justine til side. „Jeg er bekymret for frk. Djur," sagde hun, „hun er kommet ned på hospitalsetagen". Alan tog hende i hånden. „Så lad os tage ned på 5' og se hvordan hun har det". Justine nikkede samtykkende. „Hvad med branden?" spurgte Molly. Alan trak på skulderen. „Den er vel under kontrol. Vi kan næppe gøre hverken fra eller til," sagde Alan og ledte hende i retningen af en elevator i en anden gang. Hovedelevatoren var optaget af brandfolk.

Hospitalsetagen lå på femte etage, men de 2 næste etager var også en del af hospitalet. De trådte ud af elevatoren på femte og gik over til informationen. En dame med briller så op fra sin krydsogtværs, og ud på dem gennem ruden. „Ja?" sagde hun. „Øh, frk. Djur er blevet bragt ind efter branden," sagde Molly, „Vi ville gerne snakke med hende og høre hvordan hun har det". Damen rynkede panden. „Det kan ikke lade sig gøre," sagde hun spidst, „Der er læger der er ved at se på hende, og vi er allerede i beredskab hvis nu branden skulle brede sig". „Brede sig?" spurgte Alan. Damen sukkede og så på ham, „Hvis SteamWorks bygningen brænder, så skal vi have evakueret alle patienterne". Alan så tvivlende på hende. „Hvad med sprinklerne?" sagde han. Damen sukkede endnu engang. „Ja de har jo hjulpet gevaldigt," sagde hun og tilføjede, „Så smut nu og husk at høre om evakueringsalarmen lyder". De gik lidt væk. Damen mumlede „møgunger," og vendte tilbage til 12 lodret.

Molly skar tænder. „Hvis frk. Djur er kommet alvorligt til skade, så skal jeg… så skal jeg," sagde hun. „Rolig nu," sagde Justine, „Montresor skal nok finde ud af hvem der har startet branden; han var jo rimeligt skrap i den sag med Ichi". „Ichi?" sagde Alan, „Hvad med Ichi?". Molly så på ham. „Ichi er blevet interneret af Montresor, fordi han er fra Nihon," sagde hun stille. „HVAD?" sagde Alan, „Det er jo latterligt, hans far, jamen, det kan jo ikke passe". Han så vantro ud. „Vi ved det," sukkede Justine.

„Onkel Freedo har sagt at han taler med Montresor og Ulysses, men det er jo ikke til at vide med voksne," sagde Molly. De gik videre tilbage mod elevatoren, mens Alan flere gange rystede på hovedet. „Utroligt," mumlede han for sig selv.

På elevatordøren opdagede de en af Isaacs ynkelige beskeder: „KEYERNE ER I KØLEREN, KLOKKEN ER 3". Alan så på det og rystede på hovedet. „Nu rabler det helt for ham". Molly stoppede op.

„Den der har sat ild på biblioteket har kridt på sin skulder," sagde hun, „Beskeden på døren var tværet ud". Alan og Justine så overraskede ud. „Selvfølgelig," sagde Justine. „Vi må op og se om nogen af dem der står og ser på, har kridt på skulderen," sagde Alan, „Forbrydere vender tit tilbage til stedet for deres forbrydelse". Elevatoren ankom, og de trådte ind.

Molly var meget sammenbidt. Hun tænkte på frk. Djur. Hun tænkte på Ichi. Nogen måtte bøde for uretfærdighederne. Alan og Justine sagde heller ikke noget. De trådte alle ud af elevatoren på biblioteksetagen, og gik målbevidste hen mod larmen.

De så på gruppen af sammenstimlede folk. Molly pegede. „I går den vej omkring". Justine og Alan gik den anden vej om gruppen. Molly så på de forskellige mennesker. Mange var i morgenkåber og var sikkert blevet afbrudt af alarmen midt i morgenmaden. Andre havde kitler på og kom oppe fra laboratorierne. En del var børn i deres skoleuniformer, og lærere i deres rober. Ingen havde kridt på tøjet.

Hun kunne se Justine og Alan på den anden side af mængden. Justine rystede på hovedet. De gik videre. Længere fremme var der brandfolk og sikkerhedsfolk, men det var som om at der var kommet lidt mere ro på. Montag havde også sagt at de havde det under kontrol. Stadig ingen med kridt på skulderen.

„Jeg kunne ikke finde nogen," sagde Alan da de mødtes på den anden side. „Vi må være opmærksomme på alle de folk vi møder i dag," sagde Molly. Justine nikkede. „Lad os prøve at gå rundt på nogle af de andre etager og se om vi kan finde nogen med kridt på tøjet".

„Kom, vi går ned til skolen," sagde Alan og gik hen mod døren til trappeskakten. Trappen lå øde hen. Ned ved døren til skoleetagen, bukkede Molly sig ned. Hun samlede et smykke, med en firkantet rubin og 3 mindre nedenunder, op. Elenas halskæde måtte have hængt fast i noget, mens hun løb. *Hun havde ikke engang tid til at samle det op igen*, tænkte Molly. Hendes skoletaske stod op af væggen. Den var også blevet efterladt under hendes flugt. Alan samlede den op og tog den over skulderen. „Jeg afleverer den nede på kontoret," sagde han.

Etagen med auditoriet og resten af skolen var ret øde. Alle elever og lærere var ovenpå for at se udviklingen med branden. De gik hen ad gangen. Alan trak i skoletaskens rem. „Hvad hulen har hun i den? Mursten?".

Alle klasseværelsernes døre var åbne, og afslørede tomme borde. Justine så på sit ur. „Vi burde have litteratur nu," sagde hun konstaterende. Siri Austerre stod sikkert også og så på branden.

Længere fremme var lærerværelset og lidt længere fremme var kontoret. Alan gik hurtigere. Molly tog ham i armen og pegede ind gennem den åbne dør til lærerværelset. „Se!".

Ved et af bordene stod en stol med en lærers robe over ryggen. På skulderen sås et fint kridttegnet „M". „Men det er da forkert?" sagde Justine, „Det skulle jo være et W". Hun tav da det gik op for hende at ærmet vendte på hovedet. „M for Mærke," hviskede hun.

„M for Morder," sagde Molly og tænkte på Inga Djur.
„M for Meddeler," sagde Alan. Pigerne så på ham.
„Han er sikkert også meddeler for Grauton og Germania," sagde han.
„Han?" sagde Molly. „Hvis er den robe?".

De gik forsigtigt ind i lærerværelset. Normalt måtte elever ikke komme der, så de følte sig lidt usikre, mens de nærmede sig bordet. Molly så sig omkring. Det føltes pludseligt godt at gøre noget forkert, men det var jo også for at finde en forbryder. Alan skubbede de andre stole væk, og Justine samlede roben op.
Hun undersøgte den overfladisk. Der var ingen kendetegn på den.
„Nå, men vi ved da nu at det er en af lærerne," konstaterede Molly.
Justine begyndte at undersøge robens lommer for noget der kunne identificere ejeren.

I en af dem fandt hun en lille kasse. „Hvad er det?" spurgte Alan.
Justine åbnede kassen. Den var fyldt med en blå substans og i det kunne man tydeligt se aftrykket af en Harvard nøgle. Molly blinkede.

„Jeg tror, jeg ved hvor han er". „I to henter min onkel oppe ved biblioteket," sagde hun til Justine og Alan, inden hun satte i løb ned af gangen.

„Du kan da ikke gå alene…hvor du nu render hen," råbte Alan efter hende. Molly vendte sig om og lavede en bevægelse som om hun åbnede en bog og pegede på Alan. „Åh," sagde Justine, „Vi må hellere gøre hvad hun siger". Alan så tvivlsomt på Justine, „Hvorfor?".

„Hent nu bare min onkel, sig han skal møde mig ved sit laboratorium," råbte Molly tilbage og drejede om hjørnet. Hun fandt en elevator der ikke var i brug og valgte etage 21 hvor Freedos lejlighed lå. En hurtig visit på sit værelse og „tunnelbogen" lå fast i hendes hånd igen. Tilbage i elevatoren valgte hun 14. Etage. Hun havde aldrig besøgt Freedos laboratorium før.

KAPITEL 20

Den Snoede Pistol

Molly gik med bestemte skridt ned ad gangen, mod den sidegang hvor hendes onkels laboratorium måtte være. *Nu skal vi have orden på den her sag*, tænkte hun og drejede om hjørnet. Hendes krop frøs. Midt på gangen sad en papegøje. Det måtte være Elenas elendige kræ. *Ikke nu*, tænkte hun. Nu virkede det lige pludseligt ikke så smart at have sendt Justine og Alan hen til onkel Freedo.

Hendes krop nægtede at adlyde. *Det er bare en dum papegøje, kom nu fremad*. Ingen reaktion. *Det kan ikke passe*, tænkte hun, *når jeg nu ved det med hunden, så er jeg da ikke bange for dyr længere*. Ved tanken om hunden, kom billedet af hunden der slikkede frem igen. Hendes krop blev om muligt endnu mere frossen. Hun kunne mærke rædslen prikke i hendes fingerspidser.

Papegøjen havde været i gang med nogle krummer, men da der ikke var flere, så den op og fik øje på Molly. „Squark," sagde den, „Du er MIN lille pige". Molly mente det måtte være indbildning at den sagde det på den måde. Den lagde hovedet på skrå og kom nærmere.

Pludselig kom Molly i tanke om det de drillede Isaac med dagen før. Måske HED papegøjen Isaac. Ideen om at Elena havde en papegøje der hed Isaac, var simpelthen for sjov. Hun forsøgte at undertrykke et grin, men mærkede så latteren brede sig i hendes krop. Hun kunne bevæge sig igen. Det var bare en dum papegøje. Der hed Isaac. En ny uimodståelig fnisen steg op i hende. Hun gik i en bue uden om papegøjen der flaksede videre ned ad gangen.

Den forsvandt om hjørnet og Molly vendte sig mod døren til onkel Freedos laboratorium. Tanken om papegøjen Isaac blev langsomt erstattet af vreden over Frk. Djurs tilskadekomst. Hun åbnede langsomt bogen. SWOOOSH.

Molly trådte ud af bogen i hjørnet af Freedos laboratorium.

Der stod en mand med ryggen til hende.
Det var ikke Keaonen eller Pedro Lore som hun havde mistænkt, det var Harry Seldom!

Han vendte sig langsomt. Mollys SWOOSH var ikke gået ubemærket hen.

„Molly Gabe," sagde han langsomt.

„Dem," sagde Molly, „De satte ild til biblioteket". „Hvad skal De i onkels laboratorium?" spurgte hun.

„Ikke at det vedkommer små snushaner," smiskede han, „men din onkel og Alan har gang i noget vældig interessant research. Folk i Germania vil være meget taknemlige overfor dem der bringer den med sig".

„Men hvordan?" sagde Molly, „De er da en af de rareste lærere vi har, hvordan kan De finde på sådan noget?".

„Ah, mit barn, du ved intet om verden". Han berørte noget ved sit baghoved hvor hans hår var lettere uglet.

„Jeg fik mine øjne åbnet," sagde han, „Det er en forunderlig ting, kan jeg fortælle dig - et øjeblik famler man som et barn igennem verden, og pludselig løftes sløret og alting bliver klart".

„Hvad mener De?" spurgte Molly.

„Professor McAtall er virkelig genial," konstaterede Harry tørt, „Hans aber VAR virkelig fuldstændig rationelle".

Molly tænkte tilbage på abens opførsel den nat i Freedos lejlighed. Hvis den bare havde været sulten, så opførte den sig jo egentlig temmelig rationelt. Bare ikke som en abe ville have opført sig.

„Og det virker også på mennesker".

„Men hvordan…", begyndte Molly.
„Den Snoede Pistol, Kære. Den blev smuglet hertil i din onkels brandbil," sagde Harry, „Du presser den mod en persons hoved og skyder den hydrauliske ganglie ind".

„Hydraulisk ganglie?!?" sagde Molly uden at forstå noget som helst.
„Det er en mikrodampmaskine der sidder lige under håret som driver ganglien der trykker i hjernen". Harry smilede, „Vi kalder den en *krølle*". Han drejede siden til Molly og løftede sit hår. Molly genkendte en lille SteamWorks turbine der nærmest var monteret på hans kranie. „Man bliver en helt anden person," sagde han stolt. Han så alvorligt på hende og forklarede „Man skal selvfølgelig huske at fylde den op med gas engang imellem, men *krøllen* gør det let at huske".

Molly tænkte i et splitsekund på Erwin. Han var blevet *krøllet.* Et lettelsens suk undslap hende, inden en lille tvivl viste sig. *Forhåbentlig er han blevet krøllet.* Hun smilte et bittert smil. Fedt at ønske den slags for nogen man holder af.

„En ubeskrivelig fornemmelse at blive *krøllet,*" sagde han drømmende. „Først mærker man pistolen mod sit hoved, og så en svag smerte, mens ganglien skydes ind, og så…". Han holdt en kort kunstpause. Den åbner dine øjne, ændrer din personlighed, åbner for dit potentiale," fortsatte Harry med ærefrygt i stemmen, „Bare se Lea. Hun var den første, det er derfor hun bliver kaldt Koryphäin. Selvom offentligheden ikke ved at det er derfor".

„Madam Pirith? Også hende?" sagde Molly, men det forklarede jo alt. McAtall der *krøllede* hende og tog hende med til Germania. Omvæltningerne i Germania. Harrys underlige opførsel. Hun rystede ved tanken om den nat på hotellet. Hun skulle have være *krøllet. Det kunne have været mig!*

Han så helt imponeret ud. „De siger at hun fik en vision umiddelbart efter at hun blev *krøllet.* Hun *krøllede* McAtall med det samme selv, og så rejste de til Germania".

Molly gispede ved implikationen. Det hele havde været et uheld, en fejltagelse. Madam Pirith ville bare kureres for sin forelskelse i Freedo. McAtall ville bare hjælpe hende. I stedet blev *krøllen,* den hydrauliske ganglie, ormeblomsten sat fri, og nu ville den overtage verden. *Justine har ret,* tænkte Molly, *Uudsagt kærlighed var roden til alt ondt.*

„Se hvad de har opnået - Germania rejst af asken fra den Sorte Krig," fortsatte han besat af sin egen fortælling. Han så på Molly. „Meinhard Grauton er jo også arving til H. F. Grauton. Ved du hvad det betyder?" spurgte han retorisk og svarede selv på sit spørgsmål: „Masseproduktion af Snoede Pistoler og *krøller*".

„Mere ensretning, mere ondskab i verden," vrissede Molly vredt.

„Nej mit kære naive barn. Fred, fremskridt, det næste skridt i evolutionen af mennesket," docerede han. Det virkede som om han var hypnotiseret af den berusende vision som Den Snoede Pistol havde sat ham i hovedet (ud over den hydrauliske ganglie naturligvis). „Ikke mere tvivl, endelig ser man den rette vej, endelig absolut sikkerhed"

„Du mener at absolut sikkerhed er mangel på tvivl - som således beviser at absolut sikkerhed ikke eksisterer? Ligesom De selv har lært os," spurgte Molly. „Det lyder mere som en religion".

„Hvorfor diskuterer jeg med et barn?" sagde han, mest til sig selv. Han nærmede sig truende. Molly holdt bogen op, men der var ikke tid til at gå *ind* i den. Hendes hjerne kørte på højtryk.

„Hvorfor er De så ikke for længst taget til deres elskede Germania?" sagde Molly for at vinde tid.
„*HAN* skulle en eller anden bog i biblioteket," svarede Harry der stadig kom nærmere.
„Han?" spurgte Molly.
Harry stoppede halvt. Han så en anelse forvirret og bange ud.
„Han? *Den Mørke Læser* selvfølgelig," sagde han forsigtigt.

Pludselig gik døren op og Freedo trådte ind. „Molly?" sagde han, mens han så rundt i lokalet. „Justine og Alan sagde du var gået op i mit laboratorium". Han tav da han så Harry Seldom stå bøjet over Molly.

Harry greb Molly og holdt hende foran sig som et skjold. Bevægelsen gjorde at hun tabte sin bog på gulvet. Freedo hævede en hånd beroligende, „Rolig nu," sagde han. Han bevægede sig ind i lokalet.

„Kom ikke nærmere," sagde Harry og tog et fastere greb om Molly.
„Hvad er det du vil have?" spurgte Freedo ham.

„Bare din komplette research om ALE'en, TealGaten og prototypen," smilede Harry, „Jeg er bange for at Alan kom til at fortælle mig at I havde en virksom prototype". Freedo så irriteret ud, og Alan havde nok fået en opsang hvis han havde været der.

„Du samler dem bare ind for mig, så passer jeg på Molly imens," sagde Harry og gestikulerede imod de papirer der lå spredt på bordene foran ham.

Freedo overvejede kort sine muligheder og tog så en bakke og begyndte at samle papirer fra bordene ind. Der måtte ikke ske Molly noget; det var vigtigere end TealGates, og alle verdens ALE'er (selvom der kun fandtes en). Imens han var optaget af indsamlingen, kom en skygge langsomt op af vindeltrappen. Harrys hånd lagde sig langsomt over Mollys mund.

Det var Pawel Keaonen der kom op af trappen. Han måtte selvfølgelig havde været i gang med at lede efter research på nederste etage. Mollys hjerte sank i livet på hende; i hånden havde han Den Snoede Pistol. Hun kunne genkende den fra tegningerne i McAtalls laboratorium. Hendes ene hånd var fri, men Harry var alt for stærk.

Keaonen nærmede sig Freedo bagfra, mens Molly kæmpede mod Harrys hånd for at advare sin onkel. Hun mærkede noget i sin lomme. Elenas smykke. Hun prøvede at få et ordentligt greb om det.

Freedo var på vej over til prototypen på ALE'en da Keaonen trådte på en papirkugle på gulvet. Freedo stoppede op og drejede rundt. Keaonen angreb hurtigt, men Freedo greb ham om håndleddet, og bakken med alle papirerne faldt på gulvet. Keaonen havde svært ved at holde balancen fordi han gled på papirerne.

Freedo bankede Keaonens hånd der holdt Den Snoede Pistol ind i væggen, men han holdt stædigt fast i den. Pistolens snoning fik et stød og den knirkede underligt. Keaonen vred sig rundt så han havde front mod muren og skubbede fra den med alle kræfter, så Freedo blev kastet bagover. Han landede på gulvet og slog hovedet mod et bordben. Hans ansigt fortrak sig i smerte. Blodet piblede ned på hans skjorte.

I det øjeblik, trak Molly smykket frem og stak hjørnet af den firkantede rubin ind i Harry Seldoms hånd der dækkede hendes mund. „Av for...", sagde han og trak hånden til sig, så Molly tabte smykket på gulvet. Hun råbte „Onkel!!". Freedo så forvirret på hende. Harry greb hårdere med den anden hånd, mens han slikkede blodet af den frie hånds bagside.

Keaonen bevægede sig hurtigt. Han drejede omkring, og gik hurtigt hen til Freedo, mens han passede på ikke at glide i papirerne der lå spredt over hele gulvet. Han tog et fast greb om Freedos hoved og pressede Den Snoede Pistol mod hans baghoved. Freedo kæmpede slet ikke imod, han var som paralyseret. Molly skreg „Neeej!!!".

Med et diabolsk grin på læberne, trykkede Pawel på Pistolens aftrækker. Pistolen knirkede og en karakteristik metallisk lyd skar igennem laboratoriet. Molly genkendte den fra den nat i Germania. Det måtte have været den gang Keaonen selv blev *krøllet*. Det var selvfølgelig ham der havde stjålet brandbilen med pistolen indeni og *krøllet* Harry Seldom. Det var nok hans robe og ikke Harrys, de havde fundet. Keaonen trådte et skridt tilbage som for at beundre sit værk. *Krøllen* havde ikke kunnet fjerne hans glæde ved sig selv.

På gulvet satte Freedo sig op og førte en hånd op til sit baghoved. Det spruttede under hans hår og damp steg op fra *krøllen* der åbenbart var beskadiget ligesom Pistolen var. Han så op og begyndte langsomt at komme på benene. Et eller andet var gået forfærdeligt galt med *krøllen* og Pistolen. Den ganglie der skulle trykke på den prefrontale cortex, havde ramt reptilhjernen.

Imens han rejste sig op var det som om at han blev større, hans overarme svulmede så hans skjorte blev fyldt ud. Sømmene sprang en efter en. Hans bukser blev stramme og benene begyndte at trevle, så bukserne blev stumpe. Blodårerne trådte frem på hans arme og ben. Han vendte sig og så dem alle i øjnene.

Det var ikke længere Mollys venlige onkel Freedo der stod der. Så meget kunne Molly i hvert fald se, og Keaonen og Harry så på hinanden med vantro. Gule blodskudte øjne så ondt på dem. Et diabolsk smil bredte sig. Den gigantiske profil skyggede nærmest for dem og Keaonen krympede sig. Han holdt pistolen op som om han kunne bruge den som våben. Det der havde været onkel Freedo, greb ham med en legende lethed og smed ham nærmest skødesløst som om var han et barns kludedukke ned af vindeltrappen. Keaonen bumpede hele vejen ned til bunden. Molly så sig desperat omkring. Hendes bog lå på gulvet, men på væggen var der en plakat for en videnskabsudstilling. Hun prøvede at slappe af og læste teksten.

Harry hørte lyden, inden han mærkede Molly forsvinde ind i plakaten. Han så sig forvirret omkring. Molly var væk. Uhyret stod stadig og så i retning af vindeltrappen. Harry prøvede at nå over til døren, ved at gå i en stor bue omkring monsteret. Han nåede cirka halvvejs, før en stor kroget hånd greb hans ben. Harry drejede sig og så i de gule øjne. „Nej, Nej, hjæælp". Han blev løftet op i luften og smidt ind i væggen. Harry sank sammen med et suk og blev stille. Dampen spruttede fra *krøllen*. Flammerne flakkede på grund af dampen, og lokalet flimrede af skygger.

Inde i plakaten oplevede Molly en syret drøm af orange zeppelinere, grønne tårne og gigantiske gasdrevne dampmaskiner. Der var ingen tid her, så hun kunne ikke holde sig fast. Langsomt kunne hun mærke virkeligheden trænge sig på. SWOOSH, sagde det og hun stod igen samme sted i laboratoriet. Hun gyste da hun så Harrys livløse krop ligge på gulvet.

Uhyret vendte sig langsomt mod Molly. De gule øjne låste sig ind i Mollys. Plakaten var dækket af Uhyrets store krop. „Onkel Freedo, er du o.k.?" spurgte Molly forsigtigt.

„Oh, jeg er mere end o.k.," sagde Uhyret der kastede hovedet bagover og lo en forfærdelig latter. Mere damp stod omkring ham fra den ødelagte *krølle*. Han tog et par skridt hen imod Molly der krøb sammen i hjørnet. Molly kunne ikke genkende noget af sin onkel i det væsen der nærmede sig.

„Du elskede min mor," sagde hun desperat. „Han elskede din mor," svarede Uhyret og tog endnu et par skridt. Blodet løb nedover dets hoved og dampen hvislede i lokalet. „Onkel Freedo er ikke længere i lokalet," sagde det med en barnlig stemme, og lo klukkende. Det sparkede til hendes bog og trådte på Elenas smykke der knustes til rødt støv.

„Du er min onkel," hulkede Molly insisterende.
„Han var din onkel," sagde Uhyret der bevægede sig helt tæt på Molly. Dampen aftog langsomt. En kroget hånd raktes ud og strøg hende klodset over kinden. Nu kunne hun mærke den dårlige ånde fra det frygtelige bæst der stod foran hende.

„Du er min onkel," gentog Molly hviskende og lukkede øjnene.
En hånd lagde sig på hendes skulder. Den anden arm lagde sig omkring hende. Hun kunne mærke musklerne svinde i takt med at dampens hissen blev lavere og lavere.

„Jeg er din onkel," sagde onkel Freedo og krammede hende. Molly krammede ham tilbage med en tåre i øjenkrogen.

Sådan stod de da Montresor slog døren ind.

KAPITEL 21

Et nyt håb

Ulysses Creed bad dem indenfor i sit hus.

„Velkommen i mit nye hus - Grand Villa Trianon," proklamerede han stolt.
„Jeg købte det af Holsteins der ville hjem til Germania inden … inden det går løs," hans stemme faldt i styrke.

„Jeg er bange for at Pawel Keaonen er undsluppet til Germania," sagde han, „Han slap åbenbart ud af branddøren på den nederste etage"

„I det mindste fik han ikke noget af researchen med," konstaterede Freedo der lignede en mumie med den forbinding der dækkede halvdelen af hans hoved. Molly havde drillende kaldet ham Ozymandias efter den aigyptiske farao. Freedo havde leet, og kaldt Molly for Rorschach på grund af den nu forsvundne blodansamling på hendes ansigt hvor Harry havde klemt om hendes mund. De havde en uudsagt aftale om ikke at tale om Freedos transformation. Det var noget de holdt for sig selv. *Krøllernes* magt var i sig selv frygtindgydende, men der var ingen grund til at nogen skulle vide hvad de ellers kunne gøre.

Justine og Alan havde besøgt dem begge på hospitalsetagen i

SteamWorks bygningen. Justine havde fortalt Molly at Ichi var tilbage i klassen. Alan og Freedo havde diskuteret om ALE'en, og de havde næsten ikke kunnet vente med at komme tilbage i laboratoriet, og arbejde videre. Frk. Djur var for længst udskrevet fra hospitalet efter at hun havde forbrændt sin hånd, da hun prøvede at redde nogle af de tidsskrifter, der var sat ild til. Harry Seldom eller *Den Mørke Læser* havde lavet en bunke af tidsskrifter de havde sat ild til, men ilden havde heldigvis ikke bredt sig. Alle SteamWorks' hemmeligheder var stadig gemt sikkert bag de store sikringsdøre.

„Harry Seldom er blevet ‚sig selv' igen, efter at hans ...*krølle?*... løb tør for gas," fortalte Ulysses, mens de gik igennem huset, om til en stor terasse hvor der var stod nyskænket te på et bord med udsigt over den æblelund der lå bagved Grand Villa Trianon. „Han siger han intet kan huske af hvad der skete".

„Så han har ikke forklaret hvad han mente med ‚*Den Mørke Læser*'?" spurgte Molly.
„Nej, det er måske hvad Pawel kalder sig selv nu," sagde Freedo, „Han har altid haft lidt store tanker om sig selv, så det er måske den sidste krølle på den historie". Det sidste blev sagt med et smil.

Ulyses smilede også, men sagde så „Jeg tror ikke det er Pawel". Freedo og Molly så spørgende på ham. „Ja, jeg må hellere fortælle jer lidt mere om *Trappen*". Han så på Molly. „Som du nok har gættet eksisterer *Trappen* stadigvæk. Den har bare været lidt i dvale siden Den Sorte Krig". *Jeg vidste det!*, tænkte Molly.

Ulysses fortsatte: „Alle tror at Horatio Creed og Hans Friedrich Grauton blev uenige om patentet på den minimerede dampmaskine, ja, jeg må indrømme at det er vi helt tilfredse med. Altså os der er medlem af *Trappen*". Han viste dem ind i spisestuen hvor et veldækket bord ventede dem.

„Horatio var fascineret af myterne om bøgerne, og var overbevist om at der lå nogle rigtige hændelser bag og at det ikke bare var historier. Han ville gerne finde bøgerne, eller det de repræsenterede og undersøge dem videnskabeligt for at lære fra dem". Han så bedrøvet ud. „Hans Friedrich, derimod, var kun interesseret i den kraft, han mente der måtte være i bøgerne. „. Ulysses fik et fjernt blik i øjnene. „Hans Friedrich var altid venlig imod mig når jeg besøgte min bedstefar og han også var på besøg. Og så pludselig var han væk. De bedste venner blev de værste fjender. De havde sammen stiftet *Trappen*, men nu blev organisationen sprængt af uenigheden".

Han så på Freedo. „Min bedstefar holdt live i en lokal afdeling af *Trappen*, og begyndte at rekruttere videnskabsmænd for at forfølge sin jagt på bøgerne og deres hemmeligheder. Hans Friedrich lavede sin egen afdeling i Germania. Han fik mystikere og andre charlatans med i sin afdeling". Det sidste blev sagt med foragt. „Så nu var *Trappen* 2 forskellige organisationer. Vores er selvfølgelig den rigtige, den Germanske vederstyggelighed kalder vi ironisk nok for *Vindeltrappen*". Han kørte en hånd igennem håret.

„Jeg tror at *Den Mørke Læser* er en fra *Vindeltrappen* der benytter det navn fra myterne for at virke frygtindgydende. Det virker måske hos mystikerne i *Vindeltrappen*, men alle de videnskabsmænd som vi har vil ikke falde for den slags narrestreger". Han smilede igen.

„Hvilket bringer mig til hvorfor jeg har inviteret jer herover. Jeg ville høre om du, Freedo, var interesseret i at blive medlem af *Trappen*? Vi kan altid bruge dygtige videnskabsmænd," spurgte han. Freedo så lidt forvirret ud. „Øeh hvad indebærer det præcist at være medlem af *Trappen*? Har I fundet nogle af de bøger eller noget?".

Ulysses lo. „Nej, det lykkedes aldrig hverken for Horatio eller Hans Friedrich at finde nogle bøger. Da krigen kom blev *Trappen* involveret i den, og der var ikke tid til at jage ammestuehistorier. Nu om dage laver vi våben, beskyttelse af soldater, efterretningsvirksomhed og så videre". Freedo så imponeret ud.

„Jeg er smigret," sagde han, „men jeg tror ikke at jeg vil lave den slags i fredstid". „Jeg forstår," sagde Ulysses og vendte sig mod Molly. „Jeg regner med at du kan være diskret og ikke fortælle alt og alle, det jeg har fortalt om *Trappen*?". Han blinkede. „Jeg forventer jo næsten at du bliver medlem engang".

„Hvorfor ikke nu?" spurgte Molly. Ulysses lo igen. „Vi optager ikke børn i *Trappen*". Molly så Ulysses trodsigt ind i øjnene. „Hvad ville *Trappen* gøre hvis de rent faktisk fandt en bog, og det viste sig at den havde magiske kræfter?" spurgte hun med en skarp tone. Ulysses så pludselig mere alvorlig ud.

„Hvis det var tilfældet, ville vi selvfølgelig undersøge den videnskabeligt. *Trappen* har gode faciliteter og midler til den slags. Vi kan lave forsøg med aber, minifikation, ja alt det vi laver på SteamWorks". Han blinkede. „Der er et par eller tre SteamWorks ansatte der er med i *Trappen*," sagde han med et skråt smil. Molly sank. Hun havde lige været ved at fortælle Ulysses at hun havde en af bøgerne. *Måske ville de ligefrem lave forsøg med mig hvis de vidste hvad jeg kunne*. Hun gøs.

Ulysses så tilbage på Freedo. „Forstår jeg dig ret at vi kan regne med dig hvis der udbryder krig igen?". Freedo nikkede. „Jeg er desværre ret sikker på at vi ikke kan undgå en krig, men du må så fortsætte med dit arbejde ved SteamWorks. Det arbejde du og Alan laver er ret vigtigt," sagde han, og vendte sig mod Molly. „Og det var ret vigtigt at du forhindrede Harry og Pawel i at stjæle det". Molly smilede forlegent. „Jeg måtte forøvrigt trække i en del tråde for at få ham din ven Ichi Uzimaki ud af den interneringslejr, men jeg skyldte jo næsten hans far det".

„Nu må vi se nærmere på det arbejde Igor lavede med de *krøller*. I det mindste ved vi nu at man kan kurere folk ved at lade deres *krølle* løbe tør. Men det betyder nok at vi ikke kan forvente at der er nogen opposition i Germania at samarbejde med". Han så pludselig træt ud. „Det bliver ikke let at slå Germania i krig. Og selvom de er nogle charlataner, er *Vindeltrappen* også en formidabel modstander". Han rystede det af sig. „Nå lad os spise," sagde han og gestikulerede for at få dem til at sætte sig ved bordet.

De spiste et godt måltid, og Freedo og Ulysses diskuterede løst og fast under middagen. Molly var mest stille og spekulerede over hvad hun havde fået af vide af Ulysses. Hendes hoved snurrede rundt med alt det der var sket. Bogen hvad hun kunne gøre nu, madam Pirith som leder af Germania, Erwin i Germania måske *krøllet*, branden i biblioteket. Freedo var blevet normal igen, hendes far var på vej hjem, men der skulle måske være krig. Men hendes far var på vej hjem!

Det var den bedste af tider og det var den værste af tider.

www.ingramcontent.com/pod-product-compliance
Lightning Source LLC
Chambersburg PA
CBHW030814310726
48980CB00006B/493/J

* 9 7 8 8 7 9 9 6 3 6 1 1 2 *